怀沙集

止 庵
著/

天地出版社 | TIANDI PRESS

/ 题记 /

我一直打算出版一本《怀沙集》——收入什么文章倒无所谓，单单为的这个题目。这当然首先让人想到《楚辞》同名之作，不过原本不敢攀附，我也绝无自沉之念，况且一向不大喜欢《怀沙》的意思。其中好像太多抱怨，也就未免对现实太过期待了。我承认不是这一路人，虽然并非不问世事。那么何以要取名"怀沙"呢？——我的想法很朴素，乃是借此表达对父亲沙鸥先生的一点怀念。父亲是诗人，去世于今已经六年多了。他一度仿佛写《怀沙》的屈子；及至最后作《寻人记》，却转为关注人生，沉郁顿挫，感慨极深，虽然说来也是"舒忧娱哀兮，限之以大故"——讲到这里，我忽然觉得对两千年前徘徊于汨罗之滨的诗人不无理解，盖人之将死，其言也哀也。

二〇〇一年三月十六日

/ 止庵说 /

《庄子·德充符》云：

"人莫鉴于流水而鉴于止水，唯止能止众止。"

我喜欢这个意思，后来写文章就取它作笔名。我是想时时告诫自己要清醒，不嚣张，悠着点儿。

"轩""堂""斋"等对我来说都嫌过于隆重，我想象中读书的所在只是一处"庵"——荒凉里那么一个小草棚子而已。

一九九四年十月十一日

目录
CONTENTS

/ 辑一 /

我的父亲 / 003

最后的日子 / 007

《樗下随笔》书后 / 019

记若影师 / 023

豆棚瓜架 / 028

师友之间 / 032

我的哥哥 / 063

我的朋友过士行 / 067

西施的结局 / 075

在死与死之间 / 083

朱安的意思 / 093

/ 辑二 /

生死问题 / 099

谈疾病 / 106

死者 / 110

己所欲 / 115

托尔斯泰之死 / 122

在韦桑岛 / 126

关于关灯 / 134

读书漫谈 / 138

莫扎特与我 / 143

/ 辑三 /

就文论文谈胡适 / 149

关于钱玄同 / 154

关于刘半农 / 158

关于"周氏兄弟" / 162

关于徐志摩 / 168

废名的散文 / 172

阿赖耶识论 / 178

散文家浦江清 / 183

沧州前后集 / 188

再看张 / 193

反浪漫 / 197

日本文学与我 / 202

美的极端体验者 / 211

川端文学之美 / 218

谈温柔 / 222

喜剧作家 / 227

卡夫卡与我 / 231

博尔赫斯与我 / 235

距离或绝望 / 239

一支没有射击的枪 / 244

局外人与局 / 248

有关"可能发生的事" / 252

现代绘画与我 / 257

谈抄书 / 269

关于标点符号 / 273

自己的文章 / 277

| 怀 沙 集 |

辑一

我的父亲

父亲去世不到一天,我忽然完全明白他是怎样一个人,已经晚了。我再也来不及把我的想法告诉给他。父亲去世了,我感到痛惜的地方有许多,从感情上讲最难受的还是没有能够与他单独进行一次真正是我们两个人之间的倾谈,那样我就可以对他讲其实我是理解他的。父亲一生坎坷甚多,或许这对他能够有所安慰,他告别这个世界的时候就能感觉好一点儿。他去世前一天我最后与他说的话是问他一生总是那么不高兴,这是怎么回事。他说他也不知道。我就没再说下去。我真后悔为什么不能再努力一下。其实我并不需要听他说些什么,我只是应该告诉他我的想法。我相信在内心深处,他是期待有人——也许是我——对他讲这样一番话的,而终于就没有人说。我想父亲是度过了孤独的一生。我应该对他说的话,说了,就是说了，就像我们一生中应该做的任何一件事；没有说或者没有做，就不再有说或做的可能。父亲去世以后，我一天又一天地回想他，可是他活着的时候我与他多在一起待一分钟，那才是属于我们两个人的一分钟。我是一个唯物论者，我所有的悲哀也正是唯物论者的悲哀：父亲离开了这个世界，如同一切故去的人一样，并没有去到另外一个世界，我永远不再有与他交谈的机会，无论我活着，还是我死。而我从此就要进入永远也没有他的生活，这对我来说，是最残酷的事情。我也只能忍受。

父亲不在了，他的生命转化为他留下的作品，大家对他的记忆，乃至我自己今后的人生。父亲写了五十五年的诗，但我认为只是到了他一生中的最后几年里，他才真正找到了一种方式，把他生命中最重要的一部分完整地记录下来，这是单独为他所有的方式，也是非常完美的方式。每一个字都是推敲得来，要像读古诗那样细细品味。他把作为一个人与这个世界的关系放入诗中"我"与"你"的关系里了；在他与世界的关系中，他把他这方面所能提供的都提供了，虽然他没有来得及等到从这个世界传来他所期待着的那种回音。这就是收入他的两部诗集《一个花荫中的女人》（一九九二）和《寻人记》（一九九四）中的从《雨季情诗》到《远方梦》这六组诗，从这里可以看出他在现实中是怎样地幻想，他的幻想又是怎样一次次地破灭。而此后那由一百首诗组成的《寻人记》，则是以诗的形式追忆逝水年华，他的一生在此已经交代完毕。父亲说："《寻人记》是我一生中最重要的作品。"他患病之后主要做的一件事就是完成了这组诗，当时我们俩都多少松了一口气。最后的两个月里，他收到重庆出版社傅天琳女士寄来的《寻人记》样书，这对他是一种慰藉罢。我想父亲作为一个诗人，他是完成了的。去世前二十四天他突然大量呕血，抢救过来，他说还要写一组诗，总题目叫作《无限江山》，题词用李后主的"无限江山，别时容易见时难"。他已不能执笔，口述由我笔录。记得一盏昏黄的灯照着他，病房里只有我们两个人，窗外是黑暗的夜，他的声音艰难有如挣扎，断断续续。这组诗没有完成，最后一首《松花江夕照》是写在去世前两天。在这里他表达了对逝去的生命的无限依恋，此外我还隐约感到作为一个诗人他对自己的才华是有充分自信的。

父亲活着，他是一切都要"好"的；他真正把写诗当成一种艺术，所以在他一生中不断对此加以研究。最后十几年里他一直都在准备写一部题为《写诗论》的书，他说关于新诗还没有这么一本书，而且对读者和写诗的人都能有些用处。一九九三年一月他给我来信就说过："一切观点都较稳定，是写这本书的时候了。可以自成一个体系。"这是父亲一生打算做的最主要的事情之一，但到底没有做出来，我想还是因为缺乏鼓励的缘故。他去世了，他的苦乐荣辱都随之而去，只有这一点在我心里永远是个不可弥补的残缺。去世前一个半月，他最终拟定了目录，就没有力气动笔了。从前他说要写三十万字，这回减为二十万字，后来又说有十几万字也就够了，最后他打算口述给我各章的要点，以后争取由我敷衍成篇，可就是这个也没有能够实行。我们都一天天地感到生命是一天天地在离开他。有一天他突然哭着对我说，《写诗论》是写不出来了。……我由此知道所谓人生就是尽可能在生命结束那一刻减少一些遗憾：对自己的遗憾，对别人的遗憾，还有别人对你的遗憾。

一九九五年一月十二日

最后的日子

> 那片雾散尽了
> 冬天真的来了

　　这是我父亲沙鸥先生得知自己罹患肝癌两个月后写的一首题为《夜航》的诗中的两句。那是九月份,当然不是写实的;"冬天"一词是他对自己生命的真切感受。父亲一生中最后的日子就这样突然来到了。他的病发现时已经是晚期,医生说过只能再活两三个月。姐姐和我把他接到北京,其实我们(包括他自己在内)所做的也只是把这段时间尽量延长一点而已。我就是学医出身,至少对我来说,"死"始终是在心上笼罩不散的阴影。这样过了一年多,病势终于恶化了。他自己最后一次去看病,我坐在桌子的另一端,忽然从他的眼睛里看见一种被什么所惊扰的神情，当时我想如果真有死神的话，那它就站在我父亲的对面。那眼神是莫名的，也是无辜的——人的生命在巨大的"死"面前，仿佛是在《动物世界》里看到过的被猎豹扑倒的一只幼鹿。我明白这回我真的要永远失去我的父亲了。无论我们再做什么，也是没有用了。父亲自己也感到了这一点，他对我说："我想这个病可能最后会很疼的，还是有点事情做好，可以分散注意力。"就在那时他重新修订了几个月前草拟的《写诗论》目录，这本书他酝酿了十几年，一直没有动笔，这回他下决心写了。这是他一生都想做的事情，我知道他也是觉得再不做就不再有机会做了。我们想出几种抓紧时间做成这件事的办法，然而他再没有力气拿笔，甚至没有力气口述给我了，一切都已经太晚了。他的死来得太快，太决绝，就连这个最后的机会也没有给他。

父亲去世前一个月，诗人梁上泉来探望他，问到病情，他说："不行了，反正谁也违抗不了自然规律，去就去罢！"他也曾对我说过"没有什么"之类的话。但是他去世后我想，虽然人无不死，"死"对人人其实并不相同，因为不同的人对"生"有不同的感受。这样的说法未免自私，我是觉得对于父亲来说，面临生命永远结束那一刻可能就更难一些；关于他，我总想到张岱的《自为墓志铭》，父亲这个人实在太爱生活了，而且这是一种对日常生活本身的美学意义上的热爱。对此我曾写过这样的话："父亲活着，他是一切都要'好'的……"后来我参加了黑龙江作协举行的追悼他的座谈会，很多人都讲到曾被他招待饭食，说那真是美好的回忆。父亲会做菜，到了专门成家的程度；他也爱吃。他病情恶化后几乎不能进食，在床头放着的是几本谭家菜、四川菜的菜谱，这差不多是他最后的读物。这也是只有他才能体会到的乐趣。他曾经以很难想象的毅力与疾病搏斗，他最后的一年半差不多都是在一次次化疗、因化疗而引起的发烧和一碗接一碗地喝汤药的日子里度过的，大概支撑他的也就是这点生意罢。他在病中写的《从〈故乡〉到〈寻人记〉》一文中说："我渴望着我的生命中还会有一个春天。"然而这生的渴望不能实现。他生命的最后几天，在医院里晚上都是靠吃安眠药入睡的——让他这样的人在黑暗中去冥想即将来临的永恒的黑暗，真是太残酷了。

父亲是个喜欢热闹的人。我在他生前为他的《失恋者》写的序中说："他也还不能算是那种'自我关注者'，若拿入世出世来界定，恐怕还是当归入入世一派罢。"但是虽然早知道了这一点，我也不能不沉重地回想起他最后在家里养病的这段日子实在是很寂寞。他不断地给各地的亲友写信，如果接到回信对他来说就非常愉快。有朋友来访也是如此。他最后来往最密切的是中国社科院专门从事新诗版本研究的刘福春，父亲对他甘于淡泊的敬业精神极表欣赏，很喜欢和他交谈。有一次他说要来而不知为什么没来，父亲一次次到大门外去等候，直到天黑下来才回到家里。他很喜欢看电视，我当时曾埋怨这未免浪费时间，因为知道他时间已经不多，应该用这时间多写点什么，但是他最后一年写的组诗《哑弦》就是取材于所看的电视内容，只是他在诗中把原始素材都隐去了。对于病卧家中的父亲来说，电视大约是他与他所关注的世界一声一息的最后联系罢。他在病中还为从前写的爱情组诗《给你》《寄远方》《梦的画像》和《远方梦》写了续篇，那些诗写得特别哀婉凄艳，而且真实细腻地描述了他当时的种种境况，包括对自己病情的体验，但都是只写了几首就中止了。父亲为他的诗集取名《失恋者》，记得当时曾有朋友表示异议，其实"失恋者"最是可以代表他一生的了，无论对他爱过的人，还是对他爱过的这个世界来说，最终他都是一个失恋者。在最后的日子里，他的爱失去了对象，他的生命也就完结了；只留下这些绝唱般的诗篇。想起这一层我很感悲悯，同时也觉得无奈。我只是想无论是某一个人，还是他曾经生存过的这个世界，对待他，对待他的感情，如果能稍稍留心一点儿，他大概也就好一点儿；然而这是困难的，或者竟是不可能的，至少直到他瞑目的时候也没有遇到。他过去的朋友徐迟曾在文章中说过"我痛苦地悼念的沙鸥是一个一生完整的沙鸥，他被我们不公平地冷淡过，不，简直是遗弃过"的话，我很感激到底有人说了，但这样的话也让我很难过。

父亲是这样的诗人：他写诗，同时他还研究他以及别人如何写诗，这两方面他都花了太大的精力——换个人，比方说我，这个精力恐怕或是没想到要花，或是想到了而不舍得花。我对此这样写过："他一生差不多只是做写诗这一件事，而这件事在我看来他是做好了的。"直到病情恶化以后，谈到诗他还对我说："真奇怪，我的脑子一点也没有坏。"去世前一天我与他切磋他的诗选的篇目，决定取舍时他还是表现出一种对诗的本质上的理解。他始终能很清楚地分别什么是诗，什么不是诗，什么是好诗，什么是不好的诗，而他对好诗之所以好总有非常准确细微的把握，这是我对作为诗人的父亲最感钦佩的。他去世后我对亚非兄说过他对诗的体会和研究乃是绝学，他的《写诗论》没写出来，大概也就没人能写。《庄子》里常说人把一项技艺做到极致那就是道，父亲写诗可以说是得了道了。或者要嫌我这话是夸张，我还是要说别人大概不花他那个无时无处不想的功夫。他在医院里做化疗那么难受还在写诗，病房夜里关灯，他摸黑写下草稿，次日看见字都叠在字上。最后病危了还口述组诗《无限江山》让我记录，白天我不在，他就一遍遍背诵以免忘记，给我念的时候常常哽咽落下眼泪。当时在朝阳门医院那个简陋的病房里，我看着他人已瘦得脱形了，我知道他的一生就这样要结束了，我就想，您这到底是为了什么呢。父亲生前我总是督促他写作，因为爱惜如此才华；他去世以后我体会着他那已永远逝去的生命，我又觉得或许这才是最可关怀的，虽然才华也是生命的一部分，当生命结束，才华就是生命唯一的延续。生命与生命的创造，到底哪一个更重要呢，这问题现在我也不能回答。

父亲在患病的一年半的时间里，做了很多事情：写了回顾他后半生写诗历程的《从〈故乡〉到〈寻人记〉》《从八行诗到"新体"》两篇文章，还坐在我们的小院里给亚非兄认真讲了十来天的诗（后来整理为《夏日谈诗》），此外还花很多精力探讨有关山水诗的问题，他要"给山水诗做个界定"，因为据他看来很多号称是山水诗的其实并不真是，于是写了《关于山水诗的提纲》，这是他几十年研究这一题目的扼要总结。他以这思路编定了最后一本诗集《沙鸥山水诗》。直到住院前他都在想办法出版，甚至还为它拟了份"广告"，但是始终没有机会，这稿子现在还在家里放着。他又受到诗人陆伟然"诗的现代性表现在体现人的内心的丰富性"的说法的启发，写出他的重要论文《关于主体外化》，他晚年对于诗的系统思考在这里基本完成了。

但是所有这一切并没有如他所期待的那样，能有什么反响——至少他自己没看见。他这一生一扬一抑，前后差不多分为两截；从某种意义上讲，扬与抑都是悲剧。对此亚非兄在给他的一封信里有番话说得很好：

"当年您用别人的思想写诗时，您享有盛名，因为那个时代虚假的诗的狂热。今天，您用自己的思想、自己的形式来写诗时，却没有回声，因为这个时代对诗的冷漠。"

在我回顾父亲最后的日子的时候，我想起他为诗集《寻人记》写的后记里说的话，"在医治过程中，我反复

思索了我的一生",他都思索了什么呢。在《华夏诗报》发表的通信里谈到类似话题他引用过自己病中的一首诗:

走了一生的路

没有走在路上

一张张的你

　　叠成一块黑

无星无月的夜呵

山道

　　窄巷

　　　　桥头

我以竹杖代眼

寻觅得好苦

柠檬干了

剩下的皮扔了

这是组诗《寻人记》的第九十四首。父亲去世后安贵兄曾在他编的报上重新发表以为悼念，这首诗确是最足以概括他的一生。但其实不仅是这一首，全部一百首《寻人记》都体现了他对自己的一生和对历史、时代、社会的思索。亚非兄曾对我说《寻人记》不应该看作爱情诗，我则认为爱情在这里只是一种契机，更重要的是由此引申出的东西。或者用父亲自己的话说："'寻人'表现的是一种追求，和在追求中的失落。这是我自己对爱情、对生活、对人生的体验。"《寻人记》是父亲整整一生深切体验的结果，但是它绝不仅仅是关于他个人的作品。这是一部漫长的心灵史，而真正的主人公就是"失落"——在每一首中它以不同的色调、在不同的场景中出现，最终构筑了一个可以完整概括我们这个历史与时代的精神形象。亚非兄曾说他并不以形而上的思考见长，但我觉得，《寻人记》里真正有他自己的哲学。即使放在整个中国新诗史上，我想《寻人记》也是杰作。组诗的最后五分之一是在病中写的，这是他最后这段日子里做的最重要的一件事，而作者对"死"的感受更加强了整部作品的悲剧背景，我简直可以说它是有一种面临毁灭的美，一种死亡的美。不知为什么，我并不是读到最后这部分才有这个感觉，从他开始写《寻人记》时我就隐隐觉得这里有一种不祥的气息。记得那时就请求父亲专门抄录给我，我第一次想到要保留他的一份手泽，也许我是觉得父亲老了。《寻人记》写到最后，正好我从南昌出差回来，我告诉他有一天我走在街上，手里提的装着刚买的书的塑料袋忽然自己裂缝了，书都掉在地上。他就说这下《寻人记》有了结尾了，他用这样一个意象归结整个组诗，这是一个极其悲哀的意象。

父亲去世后，有一天我一个人回想他的一生，我想那像是一条远方流来的河，从竹林与黄桷树荫蔽的地方，从石板桥与黄泥路，从炊烟、蝉鸣与阳光里，那么一个迷蒙的所在，流涌而来的一条大河。我就坐在河边，静静地倾听。我自己也是中年的人了，我拿自己已有的生涯与父亲的相对照，觉得他一生真是过得很长呵，虽然他只活了七十二岁。他最后的日子是和我们在一起度过的，对我来说，这是有记忆以来最长的一次。然而说实话父亲给我留下的也是一个复杂难言的印象。他曾在很多诗中描写过自己，如：

好多年，我悲哀地
在人世的窗前踟蹰
——《静静的夜》

干涸与昏热

我受辱的两眼

  冰封的水塘

谁来清点我的足迹

  ——《三月雨》

我跋涉

  从少年到老年

沿途埋葬着

我的梦与悲哀

  ——《寻人记·第四十二首》

  父亲的一生坎坷太多,最后我眼里的父亲虽然精神还是达观的,还在孜孜不倦地写他的诗,但不知为什么,我总是从他身上感到他所说的"受辱"与"悲哀",我有时想他差不多是被他遭遇的种种不幸给压倒了。这是我更为感到悲哀的。在我心灵的更深处父亲不应该是这样的形象。只有在他最后的《无限江山》里才表现出原来他对自己也那么有自豪感,这是从来没有流露过的;他对自己的一生所不满意的也只是没有得到理解而已。一个人与一个人的遭遇毕竟是两回事,作为诗人本身他并无遗憾。他去世后,在八宝山公墓为他举行遗体告别仪式,我最后看一眼父亲,看见他安详地躺在那儿,仿佛沉思的样子,我忽然发现他身上有一种尊严、一种气魄,我觉得他真是傲视人间。

一九九六年十月二十日

《樗下随笔》书后

这几年我在《黑龙江日报》副刊上发表的小文章，再加上些别的，编成一本书出版了。这个时候，我父亲沙鸥先生辞世已经整整半年——我把这样两件事情放到一起，因为它们是有关系的。当初一智兄是向他约稿，他把约稿信转给我，叫我写。我的第一篇随笔就是这么写出来的。以后陆续地写，承蒙日报和一智兄的厚爱，陆续地登出来，我把剪报寄给父亲看，他就一再来信鼓励我多写，将来争取出本书。可那时我劲头儿总不太足；就是现在我也想文章其实是可以不写的，自己花时间写文章而不去读现成的好文章，别人又花时间读你的文章，这是否值得真是一个特别重要的问题。所以几年过去还只是那么一丁点儿，就像《诗经》说的："终朝采绿，不盈一匊。"虽然父亲总是督促我写。

后来突然得知父亲患了绝症，我好像受了棒喝，我想我真的应该赶紧有点作为，不然他就看不见了，那么他就会对我感到失望，过去的很多年里他真的是对我寄予了很大希望。在他最后一年的那个夏秋之际我写了很多；说来好久我不曾这样用功，由于我的疏懒与散淡，荒废的时间是太多了。我每写成一篇文章就送给父亲看，我看见他是很高兴的。也正是在这个时候，他的病情越来越重。随笔集编好后我正好要出差去，就把书稿留下，请他再看一遍。我回来时他告诉我，他已一行行地数过了，距离出版社要求的字数还差若干，应该再补写一点。现在我想这样的事情也只有他老人家会替我做，父亲不在了，在我今后的人生中也就不可再得。父亲病危时我对他说，您怎么也要等到我的书印出来，不然我做这件事还有什么意义呢。他去世后我也想过，等拿到样书我会呈一册到八宝山公墓他的灵前，但我也知道这是没有什么用的。父亲曾经说过对我的将来他是放心的，可这句话里就有太多的遗憾：他看不见我的将来了。父亲不在了，我感到特别寂寞，这寂寞令我窒息，很多应该和他说的话也只能说给自己听听。人生如果可以形容是出戏的话，它至少是要演给一个人看的，父亲去世以后我才明白这一点，可我的戏还得演下去。记得将近二十年前我与他在汉口见面，那时我还很喜欢李清照，从《全宋词》里抄出《漱玉词》成一小册，其中有断句云"何况人间父子情"，现在我知道那个意思了。我也常常体会"人间"这到底是个什么词呢，的确人世间的很多事情只有放到特定的人与人之间才有它特别的意义，这大概也就是《圣经》开头说的"要有光，就有了光"的那种光罢。

在文学方面，父亲教导过我多年。但是在他生前我从未著文谈过此事，这一是因为我学而无成，二是我怕人言可畏，反倒对他构成伤害。我在一九八一年以前写的诗差不多逐首都经过他的修改，我只是在我的诗集后记里隐晦地写了一句"我起初写诗可以说得自家学"的话。现在我要想公开说出我的感激之情也已经晚了。父亲病危前我刚刚写完《杨绛散文选集》的序言，他非常衰弱，可还是坚持着把这篇一万五千字的文章看了两遍，并给我指出写错了的字，这是他最后读的东西。他去世前一天，我去医院他还记得叮嘱我抓紧把与出版社订的合同签好寄出，那时他说话都很艰难了。住院期间士行兄来看他，他说："今年方晴都是好事。"家姐在场觉得他以笔名称呼我总有点儿别扭，我想"人之将死，其言也善"，垂危的他是在夸张地表示父亲的高兴罢。世界总是具体的：具体的人，具体的事情。作为父亲的世界的一部分，我尽量实现一点他的希望——既然他有这个希望，这样这个世界对他来说就显得好一点儿，只是时间不够了。现在我的书终于出版，可惜最想看到它的那个人看不到它了。

一九九五年六月十八日

记若影师

若影师去世已经整整十年了。十年来我总想为他写篇文章，但总也写不成。这是因为他生前不为人所知，死后也不为人所知，就是现在我写他也写不出很多应该为人所知的东西，可以说他的生平没有什么特别的事迹。他只是给我留下几十封谈诗的信和一百多首旧体诗。关于诗他没有什么惊人之见，但很切实，很精当，都是非常内行的话；他的诗风格清丽俊逸，非把唐人数十名家之作尽皆烂熟于胸不能做出来，而又自成一格，造诣相当的深。关于若影师我想介绍的主要也就是这些了。我从来没有和他讨论过人生，也没有询问过他多年的际遇；我只是由我的所知去体会他的才华，但我体会他的才华绝不会只限于我的所知，有很多东西可以说在他一生中都没有表现出来；我不知道这个怎么写法。

我最初见到若影师时，他已年近七十，住在重庆南岸的山上，文峰塔畔，去他家要爬九百多步石级。一幢小楼，常在云雾之中。他面貌清癯，眼睛很有神，说得上有仙人之姿，身量不甚高，嗓音稍哑。记得他指给我看窗外他手植的一株桉树，郁郁葱葱，已经高过楼顶了。那次我在他家看见一把扇子，上面有他自己写的一首题为《山居记事》的绝句："古木荒村涧水边，归来独坐听流泉。灯前莫卜他生事，且伴瓮头枕月眠。"以后我们通过好几年的信，我就诗的问题向他求教，他认认真真地把他所知道的告诉我，直到病重不能再动笔写字为止。

先父去世前一年曾经写过《哭若影》，其实把我现在想说的意思都说了：

  从悠悠松林

  走进南山淼淼云海

  你不再回来

  记得文峰塔下

  你的小楼的窗

    有一帧乡村风景

江岸的芦花

　　听浪、听风雨

一生没香艳过

冷烛一支

守着

　　半函遗稿

　　这首诗的题下有一个小注:"廖若影(一九〇七—一九八五),旧体诗人。"开始先父想用"隐士"的,确实若影师是隐了一生,他也真正是一位"士",但我当时觉得隐士一词里有个意思与他和类似他这样的人并不大切合,所以建议不用。后来我想起《论语·尧曰》有"举逸民"一语,"逸民"这称呼现在不大通行了,我倒觉得用来概括若影师比隐士要恰当些。从来关于逸民的"逸"字有两种解释:一种说当如"轶"字讲,如何晏《论语集解》:"逸民者,节行超逸也。"皇侃《论语义疏》:"逸民者,谓民中节行超逸不拘于世者也。"《后汉书》有《逸民列传》,讲了野王二老等以下十八人的故事,也是依这个意思，大概说来与隐士差不多；另一种说法是"逸"同"佚"，如朱熹《论语集注》："逸，遗逸。民者，无位之称。"分别在于一是主动的，一是被动的；一是道的，一是儒的。我的理解是倾向于后者；或者也可以说，逸民是有遗佚的境遇而有超逸的精神，从根本上说他们还是有为的，是为境遇所拘束而又超越于境遇。正因为如此若影师才要写诗，才把诗写得那么好。他写诗从来不为社会所知，但他是那么认真地对待自己做的这件事，不断写信告诉我修改的情况，直到完美为止。他何以要如此呢，或许他面对的是一个比社会更高的价值尺度。形容逸民最恰当的是《孟子·公孙丑》说的"遗佚而不怨"，或许还有《尽心》篇中的"穷则独善其身"，我觉得这都是意思很苦的话。而"举逸民"则体现出孔子的一片温爱之心了。

逸民没有机会发出光来，但是他们有光；我们寻常看不见。所以我觉得能向若影师请教几年学问，是我今生今世幸运的事。既然有心要往"文"这道儿上走，那么有些我们知道的人总归有机会遇着，就像想要读的书总能读到一样；但认识若影师这样的人却是要有一种缘的，因为他不闻达。这是一部没有出版过的好书。十年来我想起若影师总觉得惋惜,"一生没香艳过",就像先父写的那样;但是一个人死得让人惋惜,我们大概也可以说他是没有白白活了。

〔附记〕《论语·微子》里孔子讲过很多逸民的事,在他看来逸民的境况也不尽相同:伯夷、叔齐"不降其志,不辱其身";柳下惠、少连"降志辱身",但是"言中伦,行中虑";虞仲、夷逸"隐居放言,身中清,废中权",这里似乎是一个由儒而道的衍进过程。不管哪种类型,都是保持着一个属于自己的内心世界的。

一九九五年八月十八日

豆棚瓜架

王士禛有一句境界很美的诗:"豆棚瓜架雨如丝。"这个境界我差不多可以说是年年都能体会到。我家虽在北京市内,却一直住着平房,门前窗外小有空地,可以种些瓜豆之类。即使有阳光透过叶隙一丝丝地照下来,我也会想起渔阳山人的诗句。后来我读清初艾衲居士的《豆棚闲话》和近人南星的《松堂集》,看到他们关于豆棚的详细描写,也觉得很亲切。当然棚架要用竹木草绳,我家所种规模太小,只横竖扯几根小线儿,若说成"豆棚瓜架"未免自夸,其意庶几近之而已。

我们种的也是扁豆。据《豆棚闲话》说:

"《食物志》云:扁豆二月下种,蔓生延缠,叶大如杯,圆而有尖;其花状如小蛾,有翅尾之形,其荚凡十余样,或长,或圆,或如猪耳,或如刀镰,或如龙爪,或如虎爪，种种不同。皆累累成枝，白露后结实繁衍。嫩时可充蔬食菜料，老则收子煮食。子有黑、白、赤、斑四色。"

我家所种只有如猪耳和刀镰的，花是白、紫二色。这与菜市场常见的并不一样，那乃是芸豆即四季豆，不知为什么也叫扁豆。这种真正的扁豆有些气味，入口质感稍粗。我们更看重的则是丝瓜，却也与市场上的不同。《辞海》上说丝瓜有普通丝瓜与棱角丝瓜两种，我们的是后一种："果有棱角，较短，种子黑色，表面有网纹，无狭翼状边缘。"此外可补充的是开黄花，一般五六瓣，有清香。《辞海》又讲这种丝瓜性喜高温潮湿，原产印度尼西亚，我国南方栽培较多。我家种丝瓜原是自我外祖母开始，她是江南人，不知是否从那边觅来种子。棱角丝瓜在北地恐怕不如普通丝瓜长得好，我们胡同里有人种那种丝瓜，看起来确实繁盛，但我家每年收获亦不算少，经常可以佐餐。这自然有赖于施肥浇水，但时时注意授粉亦很要紧，光是仰仗飞来飞去的蜜蜂是不够的。父亲在时最喜欢此项活计，常登凳子上下，摘下雄花（也叫谎花），把蕊上的花粉粘到雌花蕊上，这个瓜就能长成了。

七十年代初我家住着一间东房，夏天屋中闷热，父亲闲居在家，常坐在瓜豆荫凉里看书。有时也教我们兄弟姊妹写诗作文，我家仿佛如《红楼梦》所写是结了一个社似的，谁写了习作便聚在这里听父亲品评，我喜好文学即自此始。然而二十年过去，没有一人在这方面有所成就，说来父亲也是白费心了罢。

那时家中门庭冷落，常来访者只有文教授、朱老师、诗人高平等三数人。房间逼仄，也只能坐在我们的豆棚瓜架下与父亲闲谈。二外的文乃三教授是父亲当年在文学讲习所的同事；朱之强老师教过我哥哥小学，与我家往来迄今已三十余年；高平又名戈缨，人特忠厚实在。现在想来，这些都是尊贵的客人。来客常以家常便饭招待，其中少不了一碟自产的丝瓜，总是素烩，加点金钩，若以鸡汤调之则更佳，依然清香，其色碧绿如玉。

豆棚瓜架下还有两位客人不能不提：有名的围棋国手过旭初、过惕生兄弟，即"南刘北过"之过，通常称为大过老、二过老的。我哥哥曾拜他们为师，后来他们成了父亲的朋友，大过老和父亲还曾写诗唱和。看两位大师下棋常使我想起烂柯山的传说；古人描绘棋手又常用"从容"一词，他们正是有从容的风采，从容的行止。郑板桥有赠清初围棋四大家之一梁魏今的诗，说是："坐我大树下，清风飘白髭。朗朗神仙人，闭息敛光仪。……"在我们这儿"大树"当改为那几棵瓜豆，而"白髭"亦可换作二老爱穿的白绸衣衫。还可以用一个"清"字形容他们，正是古人所谓清人、清士，我想乃先祖过百龄以及棋圣范西屏等也当是这样的，现在的棋手若论棋力当然后来居上，但我看那模样总有些浊的感觉，见不到二位过老那份高洁；大概中国棋手古来风范如此，他们一下世，就断绝了。

去年冬天父亲也故去了。此前他在北京治了一年半的病，又吃到了家里自种的丝瓜。父亲是生意很重的人。前不久我收拾抽屉，发现一个包得严实的纸包，上面有他工工整整写的"丝瓜籽"三个字。这是父亲去年秋天收集的，是他为今年留的种子。

一九九五年八月二十二日

师友之间

在这里我要记述几个人,他们先后对我的阅读和写作产生过重要影响。第一位是我的父亲沙鸥先生。我对父亲开始有印象,是在一九七〇年,"文化大革命"后他第一次回家,那时才四十多岁,人很瘦,头发很黑,梳向一边,总爱穿一件蓝色的中式罩褂。我还很不懂事,不知怎的对家里忽然出现的这个陌生人颇为抵触,记得有一天他买了一包炸鱼,其中一个鱼头特别大,我竟疑心有毒,拿筷子扒拉来扒拉去,气得父亲把它一下子扔到门外去了。大概是因为父亲讲的那些故事,才使我们变得亲近起来。而此后二十几年间,我们在一起相处的日子加起来也没多长,一直到我三十五岁那年,他因病去世。如果要讲对父亲的印象,那么"诗人"二字庶几可以概括一切,他的很多行事也只有这样才能得到理解,这并不是要辩护什么,人已经作古，无须乎任何辩护了。父亲的诗人气质几乎表现在所有方面，古诗所谓"座上客长满，樽中酒不空"和"敏捷诗千首，飘零酒一杯"，都可以拿来形容，他好客，好激动，好凑热闹，好管闲事，好为人师；文思又特别来得快，下笔千言，毫不费力。他的一生，也可以用古人关于"沙鸥"的两联诗词来描述，即早年志向有如杜甫的"飘飘何所似，天地一沙鸥"；而后来心境则好似辛弃疾的"拍手笑沙鸥，一身都是愁"了。

父亲自己的著作"文化大革命"时与藏书一起被抄走了，他又从朋友处找到一些，留在家里，成为我最初的文学启蒙读物。我开始写的几百首八行诗，明显受到他的影响，而且几乎每首都经过他的修改。从另一个方面讲，我对他的创作历程和作品也比较熟悉。父亲从一九三九年起手写诗，最早几年的作品我读得很少，据他在《关于我写诗》里介绍："我在苦闷中写诗，用诗来表达自己的苦闷。""我写得很认真，也还美，只是没有特色，没有我自己的个性。"他有特色和自己的个性，还是从一九四四年写四川方言诗开始。我读到的《农村的歌》（一九四五）、《化雪夜》（一九四六）、《林桂清》（一九四七）和《烧村》（一九四八）这几本集子，都是此类之作。诗中描写的四川农民的苦难生活,曾经使我深受感动,特别是那首《红花》,多年后我还专门写过一篇鉴赏文章。当然现在看来,用方言写诗,在艺术上不可能是多么有价值的探索。父亲一九四九年以后写的十来本诗集,像《第一声雷》(一九五〇)、《天安门前》(一九五三)等,后来他认为都是失败之作,我当时读了也不大感兴趣。记得有一次王亚非提到父亲的名篇《太子河的夜》和《做灯泡的女工》,我把诗找出来,父亲看过,带点诧异地说,好像也没什么意思啊。

到了《蔷薇集》(一九五七)出版,父亲的诗风才有变化,收在那里的《海》《海鸥》等已经是很精美的八行诗了,但这本书有些杂乱,好诗不多。他自己最喜欢的诗集还是《故乡》(一九五八),我不知道读过多少遍,有些篇章还能背诵。《初雪》(一九六三)是另一本父亲自己喜欢的集子,我也反复读过。《故乡》和《初雪》从它们写作的时期来看,应该算是异端了,虽然所收并不都是精纯之作。比较起来,《故乡》比《初雪》更整齐,也更美。这两本书向我展示了这样一位诗人,尽管有着时代深深的烙印(这在我当时的意识里并非一件坏事,甚至是无可置疑的前提;改变这一看法是多年以后的事情了),但仍然恪守着一条艺术的底线,也就是说始终不放弃对美的追求,不忽视诗与非诗的区别。我觉得这是最重要的。

父亲五十年代所写的《谈诗》《谈诗第二集》《谈诗第三集》和《学习新民歌》,是我最早接触到的诗歌理论著作。里面有不少批判文章,父亲在七十年代已经一再对我说不该写的,其他文章现在看来所谈也不算特别深入,但是其中对若干诗作(特别是几首唐诗)的具体分析,却给了我很大启示,以后我读古人的诗话、词话,悟得文学批评的一条路径,就是打读父亲这些文章起步。父亲教过我写小说,写诗,却从未教过我写文章,他的文章的布局和行文与我也不特别合拍,但是上述这一点的确是效法他的。换个说法,父亲教给我一种细微体会的读书方法,无论以此读诗,还是读别的东西,都很适用。

父亲写诗很快,但总要反复修改,这用他自己的话来说,就是"随意写诗,刻意改诗"。他留下几个写诗的本子,上面用不同颜色的笔写满了修改字样,有时一首诗经过多次修改,最初写的剩不下一句半句了。这是父亲在艺术上特别认真之处。除了《如逝如歌》,我写诗大都很粗疏,曾经多次为他所批评;我明白反复修改的意义,是在很久以后。至少对我来说,有相当一部分语感是靠修改得来的，放弃修改也就是放弃语感。古人说"吟安一个字，捻尽数茎须"，何以要谈到"安"呢，实际上就是获得了语感的最佳状态。父亲对我最大的影响，即在上述这三方面，即对艺术底线的恪守，细微体会的读书方法，和反复修改的创作习惯，我因此而终身受益。

关于所读到的父亲的作品，不妨多说几句。父亲有两部叙事长诗的稿子，《奔流》写在一九六四年，有七千多行，内容我已记不真切，他自己后来也不大提起；《丁家寨》写在一九五九年，有四千多行，描述三十年代四川农民的一场暴动，现在我仍然觉得，这部作品当年因故未能出版实在可惜。家里有一部油印本，我多次阅读，知道真是父亲的用心之作。说来我试验过多种文学形式，唯独不曾练习写作叙事长诗，不过从读《丁家寨》起，倒是读了不少此类作品，比方普希金与拜伦所写的那些。一九七九年我曾劝父亲想法子把《丁家寨》发表出来，他看了一遍说应该略加修改，但是只改了一个头儿，就放下了。他去世前夕，有一次我提起这部稿子，他很是黯然，不胜惋惜。父亲六十年代还写过一部长篇小说《三个红领巾》，主人公是一个乡村女教师，这稿子是我当年的重要读物，我写小说也以此为学习对象。阅读父亲作品对我的帮助可能还要大于他亲自给我的指教。一九八〇年他应一位编辑朋友（就是看过我的《枫叶胡同》的那位）之约，把这小说修改一过，更名《两个与三个》，准备出版，但这朋友在松花江游泳时突发脑溢血死了，出书的事情也就耽搁下来，现在连稿子也不知下落了。

讲到父亲和我在文学上的关系，"师友之间"其实是最恰当不过的话，而具体说来，大约以八十年代初为界限，此前我们更像师徒，此后则更像朋友。父亲曾经非常正统，无论思想意识，还是文学观念，可以说除了始终重视美之外，他原本是那个时代里一个合乎要求的"文学工作者"。八十年代初我思想上发生一些变化，接受了现代派的文学观念，于是与父亲不复一致。我写过许多信陈述我那些越来越离经叛道的看法，还曾寄了许多现代派作品请他阅读，其中包括后来他取法颇多的意象派和超现实主义的诗作。主要是由于际遇的变化，其次是因为我的劝说，父亲在八十年代中期艺术观念发生了根本变化。当然也还有来自别处的影响，譬如沙蕾四十年代写的那些诗。关键有两个问题，一是写什么，一是怎么写。后一问题具体说来，就是是否要放弃八行诗。父亲七十年代用八行诗写出很多精品，一九八一年出版了一本《梅》，但此后就进入衰落期了，寄来的新作，特别是写所谓"农村专业户"的诗，我觉得实在不好。一九八五年十一月，我去成都出差，他特地从重庆赶来，都住在王余家，但王余并不在，是他的儿子王晓星接待的，我们共谈了十天，以后父亲在《从八行诗到"新体"》中说："我创作上发生重大突破的契机是一九八五年冬在成都与方晴的一次长谈，结果是我从此放弃了八行体诗，而开始写我自称为'新体'的现代诗。"放弃八行诗只是表面现象，实质是放弃了传统的描摹现实的创作方法，主要表现对象由客观世界转向了自己的内心世界，特别是情感世界。这里我的确起过一点作用，说来也有意思，我的艺术观念更新了，成果最终不是落实在自己身上，却落实在父亲身上。我自信是父亲最好的一位读者，确实知道他写诗的才华，我不愿意这才华被埋没了，而希望能够尽最大可能地表现出来。如果说我与文学前后打了那么多年的交道，也有过一点贡献的话，那么就体现在这里了。

父亲是异常聪明的人，在成都我们刚谈出个眉目来，他已经开始写"新体"诗了。此后的九年时间，他共写了七百多首，而且越写越好，最后的组诗《寻人记》，我以为堪称中国新诗史上的杰作。长诗《一个花荫中的女人》

也是非同凡响的。这期间我们见面，通信，谈论他的创作比谈论我的更多。如果没有"新体"诗的写作，父亲的文学成就恐怕要差不小的一个层次；到他去世时，我觉得作为诗人他是完成了的，而且毫无愧色。对自己在这其中所起到的作用，我长久都有一种光荣之感。与此同时，他当然对我也很关心。病势已深的时候，还就《如逝如歌》和我谈了很久，我清楚记得他说过"应该为读者理解你的意象导航"之类的话。我刚动手写随笔不久，他就来信说："你的随笔，我也希望尽快写一百篇，这本书很重要，得有适当的'厚度'。一百篇大约十五万字，或多一点，正好。题材还可再放开一点。从全书来考虑，争取达到一个'博'字。"（一九九三年二月十八日）父亲去世前对我说，我对你的未来是放心的。这句话分量很重，我只有以此自勉，走完不再有父亲同行的人生之路。

第二位是廖若影。关于他，我先是在《关于写信》的附记里写过一点感想，后来又专门写了一篇《记若影师》，这里只能略做补充。其实我一共只和他见过两面，分别是在一九七六年冬天与一九八一年春天，乃是随父亲到重庆南岸他的家中拜访，各停留半日，未能深谈，此外只是通信而已。先是我去函问候，一九七七年一月十六日收到第一封来信。我与他年龄相差五十二岁，却是同辈，故称之为"老表"，他则呼我为"弟"。到一九八三年十月二十五日为止，其间共收到来信六十七通，除一封丢失外，我都好好保存着。此外又有给我父亲的两封信，也存留我处。给我父亲写信用文言，无标点；给我则用白话。我爱读古诗词，有疑难处便向他提问，所以这些信的内容十之八九是谈诗的，又以技法方面为主。我当时浅薄浮躁，所提问题天南海北，漫无边际，他却毫无怪罪之意，尽量予以解答。最近我重读一过，仍然觉得新意满眼。其中又以对古人某些诗作的会心理解最为精彩，虽然话说得平易朴实，但细细品味，感到非有一种特别悟会，不能道及。

例如一九七七年五月七日来信说：

"至于用字的问题，这就在一句诗里面关键地方的字要斟酌，要推敲，要千锤百炼。比如唐朝贾岛有一首诗里面有一句是'僧敲月下门'，这个'敲'字，据说当时他是经过一番推敲工夫的，原来这句是用的一个'推'字，经过他反复演试，就觉得'推'字不如'敲'字好，故决定改为'敲'。我们试想，在月光下一僧归来，寺庙的门早已关闭，敲就有声，敲它几下，里面就会有僧出来打开，这种情味是真率而如见的，倘用'推'字，既无声，便直切了当，自己将庙门推开进去就是，这样便索然无味了。这是用字的关键地方和妙处，故诗能做到千锤百炼，始可臻于妙境。您来信引用的几则妙句，'牧童遥指杏花村'，这必须有上一句的'借问酒家何处有'才把这下一句逼得出来，不然如何见得这句诗的好呢，又如'春色满园关不住，一枝红杏出墙来'和'粉蝶纷纷过墙去，却疑春色在邻家'，都是上句逼出下句来的，这就是手法和描绘艺术上高深的问题，也就是说在即情即景下，通过心灵写出来的一种妙句，这里值得注意的，就是'春色满园关不住'的'关'字，与'却疑春色在邻家'的'疑'字，是关键词，是要经过推敲的，在用'关'字和'疑'字后，就能把上下句及整首诗的神情传出来。一首诗的名句只能有一句或两句，不会全首有，从来的诗也不会每首都有名句的，名句就是一首诗的精华，好诗能留传就在于此，上面举的诗句，如我们试试改换其他的字加进去，恐怕情味就便不一样了。"

这里虽然是针对炼字而言，内涵却是对诗的意境的深刻体会。尤其关于"推""敲"的比较，已经涉及意境问题最关键所在了。

他对古人某些诗作的解释，虽然不关乎理论问题，但也别有精义，例如一九七九年十月二十四日来信中所说：

"《无题》二首[1]是艳体。第一首内容是作者回忆昨夜与所恋之人同席饮酒，追思爱慕的情况，诗意的首尾句子是连贯的，现把其中字句简略注释如下：'画楼'指恋者所居的地方；第三、四句是说彼此的心是心心相印的；'灵犀'字义，据说犀牛是一种灵兽，它头上长的角有一条白纹，由角端通向心脑，很灵敏，故称'灵犀'；第五、六句诗的'分曹'二字是指射覆的双方，'送钩''射覆'都是古人饮酒时行的一种'酒令'游戏，犹之今人席上饮酒使用'划拳''猜子'的情况差不多，也是一种酒令，不过今与古形式不同而已；末二句，古时候宫廷在天明前须击鼓撞钟，官署则须击鼓，以表示将要上朝或入官署的信号，故有'嗟余听鼓应官去'之句，'兰台'即御史台，这里泛指高级官署之称，义山一生过着幕僚生活，而其工作又屡迁不定，如飞蓬之转动，故曰'类转蓬'也。整个诗是表示对所恋者的一种爱慕心意。第二首的诗意比较明显，其中'春蚕到死丝方尽''蜡炬成灰

---

[1] 按指李义山之"昨夜星辰昨夜风"和"相见时难别亦难"。

泪始干'二句，属对最好，意最贴切，'丝'与'思'有双关意，用在这里更觉得有情味；末二句'蓬莱'是仙子所居的地方，把所恋之人比得很高；'青鸟'乃西王母的传信使者，这里嘱托青鸟：你去为我殷勤探看我想念的人吧。这首诗从表面看是前一首的继续，但我以为这首诗作者或另有所寄托，也许是追念从前对他有过帮助的人的一种想念吧。"

只有如此细心地阅读，诗的意味才能把握得住。凡此种种，对我都是颇为有益的教诲。

来信中往往附有诗作，前后约计百首。廖氏自署双景楼（当系从"若影"化出），可惜未能有一部《双景楼诗钞》行世。我倒是曾多次建议编辑，但均为他所谢绝，回信说所作未尽稳妥，尚须修改，所录诗作亦多注明"若影草"或"若影未定草"，而且确实不断地订正，或易数字，或易一句，是以此事终不果行。关于他的诗风，我每每想加以论议，但是苦于见闻不广，感受不深，未能下笔。此番重读他的来信，一九八〇年八月四日有言："吾以为作诗一要有骨，二要能放，三要有神，有骨则有力，能放则豪情自生，有神则描绘自活，有此三者，庶几可以言诗。当然诗之内容亦极其重要，未可偏废。我虽然能写一点小诗,然自衡量,惜均未达此要求,可见作诗亦非易事。"若论他的诗风,正在这"有骨""能放"和"有神"上。以《江上逢渔者》三首最能代表他的风格:"翠盖喧迎极浦风,芙蓉遍艳夕阳红。矶畔生涯君莫问,朝朝出没浪涛中。""长街卖却好鳞虾,购得盐薪越岁华。放钓回篙船满月,芦花深处便为家。""老去沙边一叶舟,笠蓑作伴度春秋。霜天纵钓西江月,不畏寒凝爱自由。"他也曾多次写诗赠我,这里抄录一首《答进文弟问难以诗赠之》以为纪念:"学海无涯知有涯,事遇百遍达真知。唯君割席遗风在,自是青云韵上时。"

我与廖若影虽只见过两面,印象却很深,觉得他是一个严谨而和蔼的人。从他的信中,却时而又反映出另外一面,盖"有骨""能放"和"有神",诗品如此,人品或许亦是如此。如一九八二年十二月十四日来信,附有《邻家麦酒(即杂酒)新熟偶醉》一首:"舍近西家不言遥,荒村何处买香醪。山翁酒熟邀有意,不辞新病醉春宵。"诗末有注云:

"这首咏酒诗,其实我对饮酒已早减少,甚至于不饮,但遇到好酒,还是想喝一点,喝得不多,一喝便醉,句中的'醉春宵'只是诗的一种写意,不必真的醉如泥也，一笑。'杂酒'系用豌豆、大麦、高粱合制酿成，先贮于小瓦坛内，泥封其口，待熟后，用时去其泥头，置于桌上，饮者各以麦管吸取之，别有一种风味。旧时市上有出售者，今绝迹，只有私家酿制。"

此种潇洒风趣，可惜我未能当面领略；而此后只怕于别处更难得遇着了。廖若影于一九八五年逝世。前几天他儿子敦忠忽然打来电话，说乃翁在重庆南岸黄桷垭的故居还在，不过成了危房，已经没人住了。我还记得矗立山顶的那幢小楼，很想找机会再去看看。

第三位是沙蕾。我从前已经写过一篇《关于沙蕾》，这里所写也只是补遗了。沙蕾是我父亲的老朋友，和我相识前后只有一年半时间，他就死了。这期间他来我家做客至少在二十次以上，给我写的信加起来有一百多封，可以说是往来非常密切。可是要讲到他对我的影响，应该说主要是靠他四十年代写的那些诗，与他和我谈话写信没有特别大的关系，因为我们对人生和文学的看法并不相符。如果非要加以归属，沙蕾还是浪漫派或理想主义者，无论人生或者创作都如此，所以我们在一起争论的时候更多。我曾称他为"老现代派"，乃是就诗的写法而言，它们让我耳目一新；也许更重要的是这些诗的艺术成就所带来的震撼性，我（父亲大概多少也如此）简直是因之而猛醒了。沙蕾四十年代写的诗，不知道总共有多少；他在一封信中说曾寄给徐迟一卷手稿，共八十五页，大约就是全部了，后来发表出来的不过是一部分而已。沙蕾死后，我去他的住处，看到过一些诗稿和画稿，但是没敢乱动，只嘱咐他最后那位女友，一定要妥为保存。听说沙蕾的遗物都被他的后人烧掉了，如果这些诗作落得如此下场，那不啻是中国新诗的厄运了。关于中国新诗，我一向不大看好，因为最好的诗人始终得不到标举，沙蕾即为其中之一，沙蕾诗名不彰，新诗就很难说已经有了公正的标准。

父亲写过一篇长文谈论沙蕾的诗，题为《星斗在黑夜里播种》，后来编入《沙鸥谈诗》。这篇文章并非父亲的上乘之作，因为思路太过清晰，对诗的很好的感觉硬被纳入理智的框架里了。但这大概是迄今为止有关沙蕾唯一一篇评论。沙蕾曾建议我为他写评传，我自认没有这份功力，但是他的诗的特色确实应该找机会讨论一下的。关于中国新诗，我想缺乏的是一条大家都义无反顾地愿意走的正路，也就是真正对美的追求；个别诗人的确注意到这一点，也曾有所尝试，但是都还有弱点，譬如徐志摩美则美矣，未免失之于肤浅；何其芳美则美矣，未免失之于陈旧；戴望舒取法稍正，然而好坏参半。沙蕾大概也是如此，他当然也写过不好的诗，但他那些杰作，如此美而深刻，美而新奇，实在很是罕见。这也正是他不能见容于中国新诗史的原因罢。

　　重读沙蕾给我的信，不禁对他充满了怀念之情。只可惜当时不能珍视，给他回信也总是对他对新生活的向往大泼冷水。我不知道那时已是他生命的最后一程了。我关于人生的看法，沙蕾无以改变，虽然他一再试图改变我；他在文学上的无比热情，却不能不说是对我的一种促进。整个八十年代，我在文学上实在很消极，因为和他这番交往，我不得不重新打起精神。他给我写信讲过很多鼓励的话。如一九八六年二月七日说："我们不该急功近利，应埋头写传世之作。我的好诗都是像你这样年纪写的，你赶快努力吧。和我做朋友我是很严格的，一定要对方写出好东西来。我同样也想念你们，但一出门就是半天，又那么远！等我看到你有精品时即来看你们。"此时我写了几篇小说，大约和他的"逼迫"有关，虽然别说"传世之作"了，就连及格都还差得远。沙蕾是自觉的诗人，也应该能够理解，光靠努力远远不足以解决全部文学问题。他自己又何尝不是如此。同年四月二十七日信中说："诗当然是要写的，可我实在写不过三四十年代时的水平，怎么办？"我因此揣想临终时的沙蕾，我觉得他恐怕别有一种悲哀罢。

沙蕾有个看法，与父亲过去讲的不谋而合，我以为是很有见地的，见一九八五年八月十九日来信："如果我们将爱好的作家的作品翻来覆去地读，十遍二十遍地读，就会得到他的'真传'了。"这实际上是他的经验之谈，一九八六年一月八日信中说："关于写作，我认为还是要'师承'的，我写好诗，主要得力于梁宗岱译的《一切的峰顶》，我想你们除博览外，还得精读一最爱的作家的作品，得其神髓，在这基础上树立自己的风格。否则莫衷一是，难得成功。"以后我读周作人，读废名，似乎正是循着这个路径，可是那时沙蕾已不在了。

沙蕾这个人说来很认真，甚至认真到固执，但因而也就不无有趣之处了。譬如我们通信，经常讨论的一个问题是彼此之间如何称呼。他要我直呼其名，这在我是一个困难；一九八五年一月三十一日来信因此说："你称呼我名字的确是比较亲切的，假如你实在觉得别扭，那么就称呼我为'诗人'好了。"直到第二年五月十日来信，仍提及此事："'老沙'比'沙老'当然好，可是有一个'老'

字，我是不大喜欢的。我们何不洋化，你称我为S岂不省笔墨？"我当时另外起了个"稗子"的笔名，他来信便这么叫我，他也因此而自称"沙子"。他否认有代沟存在，我如何回答的不记得了，或许是说"沟"可免而"代"不可免罢，他在一九八五年一月二十六日信中说："你说'沟'不存在，我当然相信；至于'代'，以现代派的眼光看来，可能也是一个框框，应该打破；时序可颠倒，那么，'代'似乎是不存在的。中国人所谓'忘年交'。'忘年'是打破了'代'；'交'是打破了'沟'。"我曾说他"生意盎然"，由此也可见一斑了。

沙蕾逝世后十五日，我写有《诗人之死》一诗，以为悼念：

月光里有个声音唤着我

云朵都铺成海的波浪

GM：一阵黑色的风暴卷走了他的船

沙滩于是一半归于黑暗

一半归于月光；而月光

归于海，归于坟茔的涛声

所有的蚌在一瞬间都张开了

所有的蚌都吐出珍珠
　　AA：世界上所有的花朵都开了
　　　　为了迎接他的死
　　所有的花朵都开作黑色的风暴
　　为了卷走整个的海
　　SO：海底是冷寂的
　　　　像你苍白的床
　　月光里有个人在悬崖般的岸边
　　跳啊跳啊伸直了两只手臂
　　我的呼喊因有月光照耀
　　而变作黑色、变作冷寂

　　这里稍加注释："GM"即加夫列拉·米斯特拉尔，引句出自她的《死的十四行诗》；"AA"即安娜·阿赫玛托娃，引句出自她的《诗人之死》；"SO"即沙鸥，引句出自他的《哭沙蕾》。父亲的诗写在我之前一周，后收入诗集《失恋者》。

　　以上说到的三位，都是我的前辈；接下去要从同辈中挑几位讲讲了。按顺序第四位是王亚非。在我的文章里，大概要数"亚非兄"这个名字出现的频率最高。我也打算写一篇《与亚非兄一夕谈》,但是一直没有写成,或许因为这"一夕"真够长的,足足有二十多年呢。而我们之间一向谈论的,都是极其严肃的话题,旁人听来没准儿就要头疼。王亚非别有事业,就与我的关系而言,他应该算是我长年来的一个倾听者和确认者。我写了东西,尤其是自己觉得有点意思的,如果不拿给他看一遍,总归不大放心;而他所提出的意见又往往最为中肯。写完《如逝如歌》,我有机会去武汉出差,当时他正患阑尾炎住院,我把诗稿带到病房去,他看过之后我才觉得是完成了一件事。以后我写文章,经常在长途电话里读给他听,甚至包括《樗下读庄》的若干片段。王亚非不弄文学已经很久,基本上成了纯粹的读者;但是在他所关注所思考的领域,始终保留着一个频道与我交谈,而交谈的内容却几乎都是由我来决定的,或者干脆说就是讨论我自己的写作问题。他这个人最严肃不过,有点儿不苟言笑,同时又特别随和,记忆里从来没见他生过气。说来我们的思想,无论人生观还是文学观,都不尽相同,但是他在上述交谈中,并不以他自己的标准来衡量我,而总是从我的出发点出发,看看我的设想究竟实现了多少,还有什么不足之处。他由此而提出不少具体的补充意见,我差不多都吸收在文章里了，所以从某种意义上讲，我将其视为我们的共同创作。

父亲去世前，特别想和自己的这个侄子见一面，一再问我他还没有来吗，我觉得父亲是依靠这种期待多挨了几天；王亚非性格上有个特点，用他一句口头禅来形容就是"莫慌"，结果来晚了。倒是陪了我一段时间。我当时悲痛至极，他建议一起把父亲的诗选和论文选拟个纲目，也算是转移一下注意力罢。弄诗选时，我提出有一首写给我的《保定莲池》，父亲生前也喜欢，是否可以编入；他说这首诗艺术上稍弱，以不入选为宜。我找出各种理由，他很严正地说，不敢苟同。到现在我还记得他那个不容商量的神情。这些年里我们谈论文学问题，多有我喜欢而他不喜欢的东西，说来说去，总都归结为这四个字上。所以他一面是宽容，另一面就是不苟且。但是也不是说他固执。他的看法也有不少改变，但一定要自己想通了才行，别人不能强加意见给他。记得将近二十年前，杨绛的《干校六记》刚刚发表，我推荐给他，他当初还喜欢杨朔，我们站在王府井书店门口，争了半天到底谁好，这问题现在想来简直可笑，当时好像谁也没有说服谁。可是后来他讨厌杨朔之流，只怕不在我之下罢。

前面已经讲过，一九七六年我第一次与王亚非见面时，他简直就是异端。所特别推崇的是两部书，一是《静静的顿河》，一是《文心雕龙》。给我写过一封将近两万字的信，专门谈艺术感受，其中大段抄引《静静的顿河》，详细加以分析。他其实始终是个人本主义者，所强调的是生命意识，我觉得他迄今大概受尼采影响最大。这如果拿中国传统的观念来比方，也就是"有"。而我则接近于"无"。所以我们很不一样。他读书也多用这副眼光，例如《干校六记》，他特别注意的细节是有个人淹死了："我慢慢儿跑到埋人的地方，只看见添了一个扁扁的土馒头。"他最推崇的风格之一是"饱满"，诗如此，小说也如此。前些时他从欧洲回来，和我谈了一次画，特别提到席勒、马克和康定斯基，大约还是因为合乎他"饱满"的美学观罢。有一次谈起他最喜欢的小说家，排列成三档：第一档只有一位，即陀思妥耶夫斯基；第二档有卡夫卡、博尔赫斯、卡尔维诺和肖洛霍夫（限定于《静静的顿河》的作者）；第三档有莫里亚克、蒲宁和昆德拉。我很推崇的福楼拜和罗伯-格里耶，并不在此之列。大约他的内心深处，比我要热一些，至少我喜欢的冷静与克制他不尽认同，但是他对我很能理解。有一回他来我家，几乎花了整整一个晚上讨论我的《如逝如歌》，说写得很是阴冷，这眼光确实有点厉害。

对王亚非我有句话可以在这里顺便一说，就是以他的文学修养，竟然始终没有写出一部有点分量的作品，未免令人遗憾。记得母亲也说，你怎么不登台，老是在那儿练唱。他很早就热衷于文学，所做的准备也很多，很扎实，但是除了很长一段时间都在反复修改一组题为《黄昏的湖》的诗之外，好像并没有写过什么别的。说来父亲对他寄予希望最大，去世前一年，王亚非来京探望，还专门给他讲了十几天的诗，后来我把他的笔记整理成《夏日谈诗》，收入《沙鸥谈诗》里。从中可以看出，当父亲选择他为谈话对象时，谈话所涉及的层面最深。前边我讲他已经别有事业，但还是希望他至少能写一本书出来，以不负我们的期待。好在他还年轻，姑且俟之来日罢。

第五位是戴大洪。关于他我也写过好几篇文章了，如《挑书》《寄河南》，还有《悲观的理想主义者》。当年王府井书店每逢周日早晨才卖新书，一开门大家便排成长队，每种每人限购两册。有回大哥去晚了，托排在前头的他代买，二人因此结识。具体时间他已忘了，只记得第二或第三次见面时，大哥推荐了面世不久的福楼拜的《包法利夫人》，查阅这书出版日期，是在一九七九年九月，那么是在此之后了。以后大哥经常向我提起这个人来,可是我反应不甚积极,所以很长时间未能结识。这也没有什么特别原因,大概还是我的孤傲使然罢。一九八一年夏天,大学里的一个女同学托我做媒,我不认识什么人,忽然想起戴大洪来,当时他在北京工业学院读光学,于是托大哥去请他给介绍一位。我带着我的同学,他带着他的同学,还有大哥,在美术馆门口见面,然后我们俩就撇开这一干人,去到王府井买书。那次因为他的建议,我买了一套《巨人传》,这事情我还记得清楚。媒没有做成,但是我们却从此成了好朋友。

我曾把我们将近二十年的交往形容为"结伴买书史",买书的事多很琐碎,但是他给我的影响,很大成分与此有关:我热衷于外国文学,特别是现代派文学,至少有一部分是因为他推荐我买和读这方面的书而产生的。他还促成了我对关于书的各种知识,包括写作年代、源流影响、作者生平等的浓厚兴趣。起先还局限于知识层面的了解,继而慢慢建立起一系列自己的看法,实际上这就是一种文学史的意识。当然最初我们希望多掌握一点东西,只是为了买书便利,不然怎么知道哪本该买,哪本不该买呢。不过那时这方面的现成书籍非常匮乏,已有的一两种也很粗糙肤浅，像《外国名作家传》这种玩意儿竟被我们给翻破了。戴大洪有一部英文版的《二十世纪世界文学百科全书》（以后他也推荐我买了一部），他翻译了不少条目，很多事情都是打这里知道的。一九八五年我们打算自己编一部《二十世纪外国文学家辞典》，已分别写出若干条目，但是规模太大，无力完成，遂改为编纂《二十世纪外国文学家台历》，挑选了三百六十五位作家，依生卒时间分别系于一年各日，每则约四百字，印在台历的一面上，大概不多不少。其中我只写了一小部分，所以应该算是他的著述。联系过几家出版社，都说有兴趣，但终于没能出版。稿子现在还留在他那里，去年中央台给他做节目，我在电视上看见了，有久别重逢之感。回想起来，这书有点意思的地方在于作家人选的取舍，经过反复商议才确定下来，现在回想起来也还觉得眼光不差，譬如非洲只入选三位，一是桑戈尔，一是索因卡，一是戈迪默，桑戈尔当时已经当选为法兰西学院院士，而后两位获得诺贝尔文学奖都还是以后的事情，倒不是说当院士与获奖足以证明什么，但总归有点"先见之明"罢。此外有些入选者如法国的皮埃尔·德里厄·拉罗歇尔（一八九三——一九四五），其实颇为重要，然而好像迄今这里出版的

《外国名作家大词典》之类的书中仍无条目。那时戴大洪在河南镇平，我们都是通信商量的。

那一时期，我们见面、通信，时常交流读书体会。我曾连续写了四封长信谈茨威格的小说，每一封都有六七千字。但是总的来说，戴大洪应该算是我的一个"沉默的朋友"。交流倒还在其次，彼此的存在已经是一种支持了。随便夸耀别人毫无必要，但他这个人美德确实很多，这里只拣对我有所触动的一点来讲，即他能够把对文学的爱好长期保留在单纯爱好的范围内，别无其他任何目的，为此不计代价，全心全意。我们相识时他还在上大学，每月四十块钱生活费，要拿出将近一半的钱来买书，一到星期天就骑着自行车满城跑，弄得有点营养不良了，记得母亲的一位老朋友在我家见到他，说这个人脸色怎么这么难看啊。为了买书他查阅各种信息，包括《社科新书目》和《上海新书目》，备有一个本子，上面记载打算买的书将于何时何地出版，见面时他就打开本子一一告诉给我。毕业分配到河南后，北京举办过几种外国电影回顾展，他都专程赶来观看。多买少买一本书，或多看少看一部电影，其实都没有什么，何以一定要锲而不舍呢，大概"爱好"的真正意义就在这里了。我喜欢文学历时已久，总还不能舍弃一份功利之心；与戴大洪的一番交往，使得我多少减免一点急功近利的追求，至少也是"虽不能至，心向往之"，这是我所深为感谢的。

回想起来，这些年里有幸认识世间的几位畸人，他们的见识、品位和价值观念都与流俗不同，我因此才能有点长进。前面讲到的都是，末了还要添上一位洋人，就是弗朗索瓦·莫林（François Morin）。莫林（Morin）这个名字在我的文章里也屡屡出现，以致我的表哥从美国回来，见到我就问莫林是谁。他是法国人，我在公司打工时，他在公司代理的一家法国工厂任地区经理，所以我们先是工作关系，而且开始很不融洽，因为他这人做事每每不合商场上的惯例，你若循常规则无以适应。不光是我，几乎整个公司的人都这么看，称之曰"那个破法国人"。一九九四年春天我陪他去上海出差，傍晚往外滩一走，路上忽然谈起法国一些作家来，我才发现他原来在文学方面造诣甚深。那天风很大，我们却在外面谈了很久。我提到一位作家，他便一通议论，所言独出心裁，与以往在书本上所见到者多有出入。原来他根本不是商场中人，而且虽然混迹多年，竟然格格不入。他对我写些东西能发表，能出版，很感羡慕，叹息说自己还不得不挣钱养家糊口。我给他起过一个"傅默然"的中国名字。此后他来中国多趟,我去法国三次,此外还一同去过日本,彼此之间谈话很多,我不过偶尔记录下来一二而已。

我在法国留下的较深印象,大多与莫林有关。例如一起去卢浮宫,他详细告诉我他发现那个金字塔入口与周围建筑有什么关系,譬如:塔的形状与两侧塔楼顶端的钝三角形相协调;站在宫殿门洞外口看金字塔,塔尖与对面三楼顶部重叠;站在内口看,塔尖又与塔楼的三角形顶端重叠。还有一次去凡尔赛宫(他家就住在附近),正是傍晚时分,我看着暮色中那些树木,第一次觉得还是古典风景绘画逼真,印象派画的倒好像是想象的了。再就是在尼斯附近偶然来到马蒂斯设计的小教堂,这我已经写在《画廊故事》里了。后来他跟我更多是谈论绘画,有关高更、马蒂斯、德·斯塔尔和苏拉热都曾详细论说,但他最喜欢的画家还是马列维奇。我本来希望和他合写《画廊故事》的,可惜未能实现。莫林信东正教,把俄罗斯文学艺术看得比法国的更高,他太太是俄罗斯人,美得出奇,有一次聊天,我提到蒲宁,她却说最具俄罗斯特色的是列斯科夫。那天我们瞒着她去了"疯马",事先莫林有点紧张,他也没去过,怕学坏了。结果却很释然,因为只看到美,而且是世间最美的东西。我后来喜爱古代无伴奏的宗教歌唱，也是受到他的启发。有一次我们到巴黎的克隆尼博物馆，在古建筑里听一个音乐小组演唱十一世纪法国的宗教音乐，至今难以忘怀。莫林在尼斯曾带我到东正教堂看弥撒，我体会到俄国文学的两大主角陀思妥耶夫斯基和托尔斯泰，好像不过是要把这庄严、繁复、恢宏和深沉的弥撒过程记录在纸上，而记录下来的终究只是余韵而已。莫林最不喜欢"安排"二字，要他帮助做什么计划都极力抵制；非得安排不可了，尤其是涉及文化问题，却又搞得相当烦琐。有一次我计划独自到外省一走，要他提点建议，他打了不知多少电话向朋友咨询。其实我此前只去过地中海岸边和罗亚河谷，他随便指个地方也就是了。末了提出还是去布列塔尼罢，在韦桑岛体验一下大西洋如何荒凉，另外在坎纳克看看古人不知出于何种原因留下的一排排大大小小的石头。坎纳克真是个奇特之地，我本来只准备待一天的，上午看石头阵，下午去博物馆，但赶到时只差半小时就关门了，博物馆的售票员说，这里内容太多，太精彩，你还是多停留一天，明早再来慢慢参观。我觉得这个人也有点儿像莫林。

讲到莫林给我的影响，他关于文学艺术的那些看法只是一方面,而且说老实话我并不全盘接受,我们见面的时候没少争论,例如有一次我们在广州的珠江边喝啤酒,谈到克里姆特和艺术中的精美问题,花了三个小时,意见也不能统一;更重要的还是如中国的一句古语所形容的:"尽信书则不如无书。"此前我对于西方文学艺术的理解,毕竟是在某一既定系统中进行的,不免打上些现成的印记,无论涉及哪位作家或画家的哪部作品,看法总归是带定义的,很难不受到这个系统的限制。换句话说,"我"在"我们"之中,"我"无法彻底脱离"我们"。当然这也是理所当然的,但是如果能够做到出入自如就好了。莫林可以说是给我提供了一个新的参照系数,与其说教我怎么看,不如说教我不必一定怎么看。他的"我"至少对我来说,只是单纯的"我",与我的"我们"了无干系。我因此换了一副眼光。顺便说一句,莫林曾在北京师范大学学习,好像研究的是中国古代的天文学之类;在中国去过很多地方,据他说感觉最好的地方是天水和平遥;我送给过他一册《八大山人画集》,他很高兴,以后经常提到"那些不高兴的鸟";他的中国朋友也不少,其中之一是盛成,一九九四年七月我陪莫林去看过他一次,家居条件很不好,连空调也没有,老人年过九旬,双目失明,仍很健谈，对境遇似乎完全无动于衷。

二〇〇〇年九月二十一日

我的哥哥

《中国围棋史话》，一九八七年二月正式出版，小三十二开，正文一百零二页，作者署名见闻。这可以说是我出版的第一本书，但我向来没在文字与言谈中提到过，因为它其实不是我写的，写这书的是我哥哥，"见闻"也是他自拟的与他真名王建文谐音的笔名。这书出版前九年，他突然离家出走了，从此再也没有下落。他走的时候，稿子留在了出版社；几年以后，编辑忽然来联系此事，若说作者不在恐怕就有麻烦，只好由我顶替他出面应付。以后又要出，又不要出，几番周折，都是我算作作者经手办的，结果出版时我就成了作者。但我署了哥哥的笔名，这样我知道这书就还是他的。

我父亲去年年底去世，他的老朋友巴波写的悼念他的文章中有一段"赘语"：

"诗人沙鸥走了!

他还有一个非常聪慧的儿子东东,从'文革'至今没有一点音讯,这是无可挽回的遗憾!希望这种日子不会再来!"

这是世间第一次清清楚楚地写到我哥哥的事情。这使我感动,同时也使我愧怍,因为作为手足我从来没有为他写点什么。我总觉得这是家事,不该拿来打扰不相识的读者,虽然这些年我一直想念着哥哥,常常梦见他。现在我也不想破了这个不说家事的例,但《中国围棋史话》的事可以一提,不管怎么说这也是哥哥与世界发生的一次联系,或许是迄今唯一的联系,总归在他的生涯中做了这么一件事,不能埋没了。我不写也是因为怕惹母亲伤心,但哥哥曾经出版过一本书,这也该算是儿子奉献给母亲的一份光荣了罢。

七十年代初我哥哥拜国手过旭初、过惕生兄弟为师学习围棋。他十六岁下乡,后来病退回来,没有工作。学棋是为了能有一样谋生的本事。当时"谋生"的概念与现在多少有点儿不同,应该从这两个字原始的意义上去理解,即谋求生存。哥哥是很敏感的一个人,对于生存的问题尤其敏感,以后他的出走也是因为他觉得不能在原来的环境里生存下去了。有名家指点，他的棋艺果然颇有长进，但那时他已二十岁，到底学得太晚，前途还是渺茫的，所以就又想转到与围棋有关的文字工作上，曾经协助二过老总结其下棋经验，又打算帮忙完成施襄夏《凡遇要处总诀》的解说，不知为什么这两件事都没有做下去。后来他起念要写中国围棋的历史，当时这方面差不多还是空白，而黄俊著录历代弈手的《弈人传》尚未出版，后来我买着岳麓书社出的这书，就想若是哥哥早点见到可以省他好些力气了。他先从查阅史料入手，除一些笔记野史外，二十四史也认认真真地翻过一遍，现在家中有一套《南史》《北史》是他留下的，书里还有他夹的纸条儿。哥哥文化水平不高，只有初中毕业，而且又是不好好念书的年月，连这个学历也要打一些折扣，看古书与写作对于他都是一件困难的事，但他到底是做成了。巴波给他下的考语是"非常聪慧"，我想从这一点看他也是担当得起这四个字的。当然说来写书这事也不能给他的人生足够鼓励，他走后九年书才印出来，实在也太迟了。

父亲去世前一年写过一首关于我哥哥的诗，收在《失恋者》里，写到恍惚在街上见到了他，以及很多年前在火炉旁和他一起玩掷骰子的游戏。这首诗题为《我的儿子》,是我的建议;不用别的篇名,因为我觉得哥哥还活着。那年他突然离家出走主要是因为绝望,但绝望而选择出走,说明他还有他的希望。我当他是一个漂泊天涯的游子;漂泊惯了,可能还不想回来。十七年了,对于游子来说或许太短,但对于企盼他回来的家人来说就太长,父亲已经去世,别的人老了,或者快要老了。哥哥的书出版好久了,他一定还没有看到,但这书印了三万册,没准儿还能有机会。我幻想有一天那个游子赶路倦了,走进一家小书店稍事休息,随便翻翻架上的读物,然后他就合上书本,从此踏上回家的路程。

一九九五年九月八日

我的朋友过士行

士行兄是我交往了二十多年的朋友；但是要让我提供一些他的早期情况，就是说作为剧作家过士行的"史前史"，也是困难的。那时我还太小。他第一次来我家大概是在一九七二年。后来他告诉我，当时我仰卧床上读书，并不理会来人。我不知道我是否真有这么傲慢，但他是什么样子我记不住，仿佛跟现在大家见到的这个矮胖、笑容可掬的人也差不太多罢，只是还很年轻。那会儿我哥哥和他一起向他祖父与叔祖旭初、惕生二老学习围棋。他们常常在我家窗外的丝瓜架下对弈，可是我印象最深的还是他的两位爷爷。同时他又跟我父亲沙鸥先生学过写作，这我也没怎么参与。士行兄的早期作品有下列这些：一个电影剧本（名字忘了），一部中篇小说《皮球的故事》和几十首短诗。他的小说写一个作家的孩子在"文化大革命"

初起时的遭遇，结尾是一群流浪儿撕大字报卖废纸。与好几年后的"伤痕文学"比起来士行兄还是一个先行者；说得严重点儿，他写的不是伤痕，是正在流血的伤口呢。士行兄的这些作品从来没有发表过。诗我倒是和他在一起写的，那是七六年四月初，他约我到颐和园玩。往常去那里总是前山后山一转，前山富丽，后山恬淡；他说其实西堤一带别有风致，有荒芜之美。多年没去那里，也不知现在是否还是这样，但这是我第一次知道此人会玩。回过头看，"玩"之于士行兄就太是一件事情了。回家我们各自写了几首山水诗，在我这是此后十几年写诗的开端，士行兄在这方面算得上是我的一个领路的人；他则好像写了一些就不写了。我们一起写诗的事原本不大值得一提，我有时还回想起来是觉得那时真好情致，而且在当时写作只是兴趣所在，全无发表的可能（他写电影剧本什么的就更是如此了），可是却都写得很认真，写了还要在一块儿细细推敲，这种无为而为的举动恐怕如今不论我们还是别人都不干了罢。再就是得见士行兄身上诗人这一面，而且在我看来还是主要的一面，说来多少年也没有改变。后来有时我们说起什么来他总有所感动，那纯然是一种诗人的感动，我就知道他还是如此。以我而言，虽然在这方面花过老大功夫，但若论诗人气质比起士行兄越来越差得多——在把人说成"诗人"已不算什么美誉的今天，我说这话自有我的理解，简直是不能不这样说了。

后来有许多年我们过往不算太密，这期间他由一个车工变为北京有名的记者，常常在晚报上看见他以"山海客"为笔名写的戏曲方面的评论和随笔。他还一直在玩：除了继续下棋外，钓鱼、养鸟、养蟋蟀，玩一门专一门，都玩到可以成家的程度。他后来告诉我，钓鱼的时候"做梦都梦见鱼"。这个人实在是多才多艺。但这些东西我都不大懂，也就不能赞一词，有时我倒是略感怅然地想起当年我们在一起的时日——文学对士行兄来说是不是也像很多人一样，是青春时候所发的一场热病呢。直到大前年初的一个晚上，我去首都剧场看契诃夫的《三姊妹》，散场的时候在门口碰见他，已经留起胡子，他问我想不想听他念一个剧本。我跟他去到剧场后面楼上一间小屋里，他展读一卷手稿，就是后来轰动北京的《鸟人》。我当时第一个感觉就是全部人生对于文学家来说总都不会浪费，都将在他笔下次第展开，在士行兄可以说是积蕴得太久了。后来他跟我说："我写的都是我热衷过的东西，我都曾全身心地投入。"那天直到三四点钟我才回家，记得是很冷的一夜，但我很替朋友高兴。《鸟人》上演后，我走过人艺的门口看见买票的人排成大队，回到办公室也有人说起这戏，在剧场里还听见小姑娘们在议论过士行这人如何如何。有一回我问他怎么又回到文学来，他说八八年曾用余秋雨的《艺术创造工程》向人换了本铃木大拙与弗洛姆合著的《禅宗与精神分析》："铃木用语言表达了'拈花微笑'那种只可意会不可言传的美。这本书使我开悟，从此决定写戏。"恰恰我这些年亦于禅宗稍稍留心，在北京我们就成了可以谈禅的朋友。我想可以用铃木的一句话来解释他的意思："悟突入于存在的根源，所以它的获得常常划出人生的分界线。"《鸟人》在剧场里效果有些过分好了，大家恐怕是拿它当作一种针砭时弊的"脱口秀"看；又有人从常规逻辑出发，觉得后面的京剧审案未免突兀。其实这整出戏就是一个公案，充满了对于文化的消解意味：用精神分析来消解养鸟，用京剧来消解精神分析，而那样地处理京剧，京剧本身也被消解了。开悟也就是别具只眼，或者说看透了，这出戏最可以说明他的"悟"了。

《鸟人》之后士行兄又写了《棋人》。他生在围棋世家，这个渊源于他也就太深。乃先祖过百龄是明末清初大家，围棋史上划时代的人物，士行兄的名字我想就取自

《无锡县志》关于他的一句描述："其人雅驯有士行。"或许年代久远，数据又匮乏，我们于当年人物不能多有了解，但旭初、惕生二老我是见过的，而见过也就忘不了，后来的人再见不着也只能说是没有眼福。从前秦松龄在《过百龄传》里描写其与名手林符卿对弈的情景："枰未半，林君面颈发赤热，而百龄信手以应，旁若无人。"忆起二老这里所谓"信手以应，旁若无人"八个字真不免是犁然有当于心了。附带说一句，现在回想这样潇洒、不染俗尘的气分儿竟是在七十年代初的中国那么一个黯淡乏味的背景里，不禁要感到骇异，其谪仙人也乎。这个记忆看见士行兄就要想起来，我知道他是他们的后人。士行兄从前跟我父亲学过几年诗，他多次跟我讲我父亲关于意境的说法对他影响很大，说实话几十年间跟我父亲学诗的人很多，连他同辈的朋友都有模仿他的，但写出了《棋人》的士行兄才真正算是接了他写诗的衣钵。这出戏表现生命的无奈与寂寞，达成那么一个空旷辽远的意境，我就明白原来先辈师长，还有诗和棋，这些都是活在他的血里，然后顺着他的笔一点点流淌出来。他来我家念剧本是在前年九月，那天正赶上我得知父亲病势恶化；我边听边生出许多感慨，晚上又喝了一点酒，我忽然抱住父亲大哭了一场。对于一个作家来说，大概总有一件作品是非写不可的；我也算是多少了解士行兄的罢，我想拿这副眼光来看他的《棋人》。

士行兄还写了《鱼人》。这出戏写的是人回归自然的悲壮与尴尬。"回归自然"是一句很理想的话，然而所要回归的对象和回归的方式，都只能使我们感到这也仅仅是理想而已，虽然不失是个很好的理想。《鱼人》有一种磅礴大气；如果说《鸟人》是怪诞剧，《棋人》是诗剧，那么这可以说是一出史诗剧。其实《鱼人》写成还在《鸟人》之前，上演却将在《棋人》之后：如果真有命运的话，它只是叫士行兄更大器晚成两三年而已。

在他的三出戏里，虽然都取材于通常认为是接近"市井文化"的东西，但他的主人公，无论是《鸟人》里的三爷，《棋人》里的何云清，还是《鱼人》里的钓神，却都是普通人里的大师，都是那一行当里的出类拔萃的人物。这使我想起《庄子》里那些专一技者，比如"梓庆削木为鐻，鐻成，见者惊犹鬼神"（《达生》）。三爷他们都是这里的梓庆，他们和他们的生命所投注的对象都是令人"惊犹鬼神"的。士行兄也像庄子那样，把这样的人看成是道的体现者，他其实只对非同凡响的人感兴趣。说来这也来自他的人生体验，他说："这些年来，下棋，写诗，钓鱼，养鸟，还有京剧，我接触过的都是那个领域里的顶尖人物，真好像是天佑神助。用梨园行的一句话说是'要投明师'，明白的明。"这些大师在他的戏里混迹于群众之中，但与群众从根本上说是隔绝的；为群众所崇敬，却不为群众所理解。记得他对我说过："'一将功成万骨枯'，万骨都没了，留下的只有将，也可以说将是万骨的魂。"但他并不是一个英雄主义者，他笔下的大师与他们为之献身的东西，如三爷与鸟，何云清与棋，钓神与鱼，有着一种互为指喻的关系，他们悲剧的命运是共同的：道都被有相当层次的世俗的东西吞没了，在《鸟人》里是心理学家，《棋人》里是司慧，《鱼人》里是老于头；所有真正的技艺在这个时代都已经没用了，现代文明最终使一切艺术都失去了存身之地。我看他的戏，总能感到这种深深的悲哀。

有一次士行兄和我谈到他写戏，说对他影响最深的是迪伦马特："《天使来到巴比伦》《罗慕路斯大帝》都是无与伦比的。那种睿智，看待世界的悖论方式，恰恰与禅宗可以相互印证，有些很妙的地方甚至可以成为公案。"据他说看剧本都是体会而不是分析，但有一次他提到《雷雨》第三幕里传来胡琴声和唱声，鲁大海问是谁快十点半还在唱，四凤就说一个瞎子同他老婆，每天在这儿卖唱，这细节后来并没什么用；他说这么精致的剧本也有不必交代而交代过繁之处。想来他当是下过一番金批《水浒》般的功夫。当初写戏而不写别的，他自己说是因为大家都讲剧本结构太难，他倒要试试看；我想他评论介绍戏剧多年，大概觉得值得评介的越来越少，不免有一种寂寞罢。而等到他写戏了，他的寂寞只怕是更多了：他的三出戏，我觉得从切入点到手法，在中国戏剧史上都是很新的东西，但他在戏剧美学上的种种追求，好像还没有人认真予以研究。看了上演的《鸟人》和《棋人》，我总感觉与原剧本有点儿走样，比如前者本是消解意义的，结尾却被赋予了一种意义；后者本是有意义的，却被大肆消解——说实话看《棋人》时不免有些伤心。士行兄说："我曾悲叹文学生涯开始太晚，现在庆幸没那么早，没开悟就写东西误人误己。"但是他要不被人误还得要靠有人能悟他才行，在一个大家都奔逐于浮躁、功利和温情之间的年头儿，我眼里的士行兄仿佛也逃脱不了他笔下三爷、何云清与钓神的命运。

一九九六年九月一日

西施的结局

关于西施的结局,历来有两种不同的说法:一是灭吴后越王即把她沉江处死,一是范蠡隐退时带她一起远走高飞。杨慎是力主前一种说法的,《升庵全集》中有云(节引):

"世传西施随范蠡去,不见所出,只因杜牧'一舸随鸱夷'之句而附会也。《墨子》曰:'西施之沉,其美也。'墨子去吴越之世甚近,所书得其真。《修文御览》引《吴越春秋》逸篇云:'吴亡后,越浮西施于江,令随鸱夷以终。'此正与墨子合。盖吴既灭,越沉西施于江。浮,沉也,反言耳。随鸱夷者,子胥之谮死,西施有力焉。胥死,盛以鸱夷。今沉西施,所以报子胥之忠,故云随鸱夷以终。范蠡去越,亦号鸱夷子皮,杜牧遂以子胥鸱夷为范蠡之鸱夷,乃影撰此事以堕后人于疑网也。"

这实在是很煞风景的话。张燧《千百年眼》、孙诒让《墨子闲诂》、冯集梧《樊川诗集注》等都是类似看法。从前李商隐写过《景阳井》："惆怅吴王宫外水，浊泥犹得葬西施。"皮日休写过《馆娃宫怀古》："不知水葬今何处，溪月弯弯欲效颦。"诗意都很凄凉，但总归相信事实如此。这事实也太叫人泄气。大功告成，西施不再有用，或许将来反倒祸害自家，而使美人计亦不光彩，该提倡的还是伍子胥那种人人看得见的忠，所以就把她与吴国奸佞伯嚭一并除掉。美人薄命竟薄到这个份儿上。

然而坚信西施该有个好结局的也大有人在。如苏轼《水龙吟》："五湖闻道，扁舟归去，仍携西子。"吴伟业《核桃船》："三士漫成齐相计，五湖好载越姝行。"王昙《留侯祠》："君不见五湖范蠡载西施，一舸鸱夷去已还。"等等。英雄美女，携手天涯，真是太理想了。《吴越春秋》记载范蠡走后，"越王乃收其妻子，封百里之地"，连家眷也没带着，一个人漂泊未免有点欠缺，正好把西施配上，这样西施也有个着落。《史记·货殖列传》说范蠡后来很会做买卖，"十九年之中三致千金"，那么西施成了阔太太了，这岂不更是添彩吗？

梁辰鱼作《浣纱记》则把这种理想的大团圆结局写尽

写足，此外他还添加了一个合乎理想的开头。他写他们早就是情人，范蠡初逢西施就说："你是上界神仙，偶谪人世。如此艳质，岂配凡夫。你既无婚，我亦未娶，即图同居丘壑，以结姻盟。"正所谓一见钟情。但因社稷倾覆，不能再见。西施害了相思病，遂用上"捧心"那典故。三年后范蠡来找西施，非是迎娶，反倒劝她以国家为重，去当卧榻间谍。待到成功后二人重逢于太湖之滨，各有一番表白：

"（旦）妾乃白屋寒娥，黄茅下妾，惟冀德配君子。不意苟合吴王，摧残风雨，已破豆蔻之梢；断送韶华，遂折芙蓉之蒂。不堪奉尔中馈，未可充君下陈。

"（生）我实霄殿金童，卿乃天宫玉女，双遭微谴，两谪人间。故鄙人为奴石室，本是夙缘；芳卿作妾吴宫，实由尘劫。今续百世已断之契，要结三生未了之姻。始豁迷途，方归正道。"

这就把一切洗刷尽了，都成了新人。然后范蠡说："美人，我和你早早登舟去罢。"这时渔翁问："不知相公海上要到那一方？若出了海，北风往广东，西风往日本，南风往齐国，今日恰是南风。"范蠡不无潇洒地说："既是南风，就往齐国去罢。"我读《浣纱记》，觉得理想浪漫得一似好莱坞的影片了。

吴伟业诗《戏题仕女图·一舸》云:

"霸越亡吴计已行,论功何物赏倾城。西施亦有弓藏惧,不独鸱夷变姓名。"

西施作为一个"智谋美女"在这里被完善了。据《吴越春秋》,她赴吴前受过三年训练,自然不再是头脑简单的"苎萝山鬻薪之女",在吴王跟前又用过多少心计,说得上是干练的职业特务了,"越王为人长颈鸟喙,鹰视狼步",她也看在眼里,"可与共患难,而不可共处乐,可与履危,不可与安"以及"高鸟已散,良弓将藏;狡兔已尽,良犬就烹",她就不应该不明白,所以这份谋略不可以让范蠡独享。这里的西施是一个掌握自己命运,不依附于任何人(包括范蠡在内)的形象。以这副眼光去看前引《浣纱记》中她与范蠡那段对话就别有意思:完全是智力游戏,话里有话,但既然彼此明白心思,又是利害相当,倒不妨联手行动,另开一处码头呢。

姚宽《西溪丛语》则说:

"《吴越春秋》云:'吴国亡,西子被杀。'杜牧之诗云:'西子下姑苏,一舸逐鸱夷。'东坡词云:'五湖闻道,扁舟归去,仍携西子。'予问王性之,性之云:

'西子自下姑苏，一舸自逐范蠡，遂为两义，不可云范蠡将西子去也。'尝疑之，别无所据。因观唐《景龙文馆记》宋之问分题得《浣纱篇》云：'越女颜如花，越王闻浣纱。国微不自宠，献作吴宫娃。山薮半潜匿，苎萝更蒙遮。一行霸勾践，再笑倾夫差。艳色夺常人，效颦亦相夸。一朝还旧都，靓妆寻若耶。鸟惊入松网，鱼畏沉荷花。始觉冶容妄，方悟群心邪。'此诗云复还会稽，又与前不同，当更详考。"

依此说来，西施与范蠡是各奔各的前程，她还保留了一个善终的结局，只是殊少些抒情气息耳。在宋之问的诗里，西施洗尽铅华，返归自然，好像还可以重过她的村姑生涯。

罗大经《鹤林玉露》不同意这一说法，他还是说西施确系跟随范蠡，但解释有所不同：

"范蠡霸越之后，脱屣富贵，扁舟五湖，可谓一尘不染矣。然犹挟西施以行，蠡非悦其色也，盖惧其复以蛊吴者而蛊越，则越不可保矣。于是挟之以行，以绝越之祸基，是蠡虽去越，未尝忘越也。"

罗氏是道学家，这里所说犹见刻薄，可谓诛心之论。传说中西施的两种结局，其一则越王未免不义，其二则范蠡只顾自己。经他这么一说，于是范蠡成了良臣的楷模，既解却国君的恶名，又使自己能继续履行为臣的职责。在西施沉江的说法中，本来就有着浓重的仇视女性的心理，罗氏的议论则把它推到极端程度上。附带说一句，在《浣纱记》中最后范蠡也吟着"载去西施岂无意，恐留倾国更迷君"的诗句，不知是否受了《鹤林玉露》的影响，但在那么一出浪漫剧里却不能不说是败笔了。

西施的两种结局完全两样，取此则必舍彼，所以多少年里总是公说公有理，婆说婆有理。直到艾衲居士写《豆棚闲话》，才把它们撮合在一起，成就了一种新的说法，见该书第二则"范少伯水葬西施"：

"后来人都说越王长颈鸟喙，可与共患难，不可与共安乐。那知范大夫句句说着自己本相，平时做官的时节，处处藏下些金银宝贝，到后来假名隐姓，叫做陶朱公，'陶朱'者，'逃'其'诛'也。不几年间，成了许多家赀，都是当年这些积蓄。难道他有甚么指石为金手段吗？那许多暧昧心肠，只有西子知道。西子未免妆妖做势，逗吴国娘娘旧时气质，笼络着他。那范大夫心肠却又与向日不同了：与其日后泄露，被越王追寻起来，不若依旧放出那谋国的手段，只说请西子起观月色。西子晚妆才罢，正待出来举杯问月，凭吊千秋；不料范大夫有心算计，觑着冷处，出其不意，当胸一推，扑的一声，直往水晶宫里去了。正是：'只今惟有西江月，曾照吴王宫里人。'"

西施是跟着范蠡去了，西施也是被沉江而死——沉她的正是她所跟着的范蠡。这是一个再残酷不过的结局，但其中却有着对人性的深入剖析：越王阴险，范蠡阴险更过越王，就连西施也未必就是有貌有才又兼有情的理想化身。这就彻底打破了大团圆的传统观念，大概说得上是历史上中国人的意识的一次变革罢。美国人 P. 韩南在所著《中国白话小说史》对此书颇加揄扬，说它"标志着和中国白话小说本身的基本模式和方法的决裂"。又说，"艾衲的小说有许多取材于一向被尊崇地处理的神话或传说。作者从对宇宙道德原则的怀疑出发，却以讽刺的笔法来处理，颇似鲁迅的《故事新编》"。这都是独具慧眼的看法，而他说的"传说"之一就是西施的故事。《豆棚闲话》不仅为西施设计了一个颇具现代意识的结局，而且也针对《浣纱记》所描绘的范蠡西施故事一见钟情的开端作了翻案文章：

"那范大夫看见富贵家女人打扮，调脂弄粉，高髻宫妆，委实平时看得厌了。一日山行，忽然遇着淡雅新妆波俏女子，就道标致之极。其实也只平常。又见他小门深巷许多丑头怪脑的东施围聚左右，独有他年纪不大不小，举止娴雅，又晓得几句在行说话，怎么范大夫不就动心？……一别三年，在别人也丢在脑后多时了，那知人也不去娶他，他也不曾嫁人，心里遂害了一个痴心痛病。及至相逢，话到那国势倾颓，靠他做事，他也就呆呆的跟他走了。"

  在艾衲居士的笔下，西施的整个生涯就是这样毫无浪漫色彩，没有什么叫人艳羡的地方，甚至她最后的死，也不想仿佛传统小说那样要渲染起读者的悲哀之情。我读过的中国古代小说里，《豆棚闲话》大概算是最冷峻、最黑暗的了。

一九九五年七月八日

在死与死之间

不久前我在鲁迅博物馆里看见他在一九三六年十月十八日写给内山完造的一封信,或者说是一个便条也行,是用日文写的,字迹歪歪扭扭,全然不是惯常所见的"鲁迅体"了。《全集》里收有此信的译文:

"没想到半夜又气喘起来。因此,十点钟的约会去不成了,很抱歉。

"拜托你给须藤先生挂个电话,请他速来看一下。"

这是鲁迅的绝笔,他就死在第二天。博物馆里还有他的遗容的照片,半睁着眼睛,瘦得不成样子,这照片我很小的时候就在他的书里见过,一直都不能忘记。那天我忽然很难过。我觉得那信的字里行间有着一种生的挣扎,是垂死者最后竭尽全力要抓住一点什么,抓住那一点就抓住了骤然逝去的一切;然而这是徒劳的。我第一次这么清楚地感受到整整六十年前那个生命不可挽回的完结,仿佛是大幕轰然落下;虽然他有他不朽的著作和巨大的影响,但从此鲁迅和我们之间就永远为他的死所隔绝着了。

其实根据各种记载看,鲁迅在此前差不多已经死过一次。这年六月六日,他中断了坚持记了多年的日记,过了二十四天才写下这样一段话:

"自此以后,日渐委顿,终至艰于起坐,遂不复记。其间一时颇虞奄忽,但竟渐愈,稍能坐立诵读,至今则可略作数十字矣。但日记是否以明日始,则近颇懒散,未能定也。六月三十下午大热时志。"

这里的"颇虞奄忽",在八月六日致时玳的信里说是"几乎死掉",此后写的《"这也是生活"……》一文里,则有更详细的描述:

"我的确什么欲望也没有,似乎一切都和我不相干,所有举动都是多事,我没有想到死,但也没有觉得生;这就是所谓'无欲望状态',是死亡的第一步。"

但是鲁迅竟穿越了这个死亡,或者说死亡的感觉,他又活了过来。距离最后十月十九日的逝世,又活了一百一十一天。我们可以把这两次死之间看成是鲁迅一生中的一个虽然十分短暂但很特殊的阶段。对于生命他一向感受得很透彻；但在这个阶段里，我觉得他的感受是有着一些新的内容。

从鲁迅这期间的日记和书信里，我们可以比较清晰地了解他的病情变化和治疗情况。好像秋意越来越深了，有不胜悲凉之感。在他笔下时而能看到"不知道何时可以见好，或者不救"（九月十五日致王冶秋）和"病还不肯离开我"（十月十五日致曹白）这样的话。他始终是被肺病折磨着：几乎逐日接受注射，间断地发热，以及吐血——八月十三日日记中有"夜始于痰中见血"的记载，十六日在致沈雁冰的信里说："肺则于十三四两日中，使我吐血数十口。"从七月初直到九月，他都在策划易地疗养，也是在致沈的这封信里说："转地实为必要，至少，换换空气，也是好的。"甚至连去疗养的地点和有关种种细节都设想好了，只是因为不能离开医生而最终未能成行。所有这一切都残酷地提醒我们他的病况是多么严重，以及最后的死并非突然。但这只是一个方面而已。另一方面或许就更重要：我们也能在他的日记里看到"不发热""是日不发热"之类的记录，那好像是向长久折磨他的疾病做出的某种挑衅似的，在这里我能感到他生命的倔强之处。由此可以联系到鲁迅在这样的境况里更多地是怎样谈论他的病

情及其前景。七月六日他给母亲写信,那是刚从"几乎死掉"中挣脱出来:

"近日病状,几乎退尽,胃口早已复元,脸色亦早恢复,惟每日仍发微热,但不高,则凡生肺病的人,无不如此,医生每日来注射,据云数日后即可不发,而且再过两星期,也可以停止吃药了。所以病已向愈,万请勿念为要。"

同日致曹靖华的信里也说:

"不过这回总算又好起来了,可释远念。此后只要注意不伤风,不过劳,就不至于复发。肺结核对于青年是险症,但对老人却是并不致命的。"

此后他不断地向他的亲友们报告他对自己身体状况的乐观判断:"我的病已告一段落"(八月二日致曹白),"我的病又好一点"(八月七日致赵家璧),"病比先前已好得多"(八月二十五日致母亲),"近日情形,比先前又好一点"(九月二十二日致母亲),"贱恙渐向愈"(十月十二日致宋琳),等等。去世前五天在致端木蕻良的信中所说就更为恳切:

"五十岁以上的人,只要小心一点,带着肺病活十来年,并非难事,那时即使并非肺病,也得死掉了,所以不成问题的……"

直到去世前两天致曹靖华的信还满是乐观的气氛:

"我病医疗多日,打针与服药并行,十日前均停止,以观结果,而不料竟又发热,盖有在肺尖之结核一处,尚在活动也。日内当又开手疗治之。此病虽纠缠,但在我之年龄,已不危险,终当有痊可之一日,请勿念为要。"

然而继之而来的就是他的绝笔,他的死……我曾经反复读过多遍他最后的日记与书信,当我循着这样一个思路,也可以说是鲁迅自己的思路,我就根本不能到达那最终的死,总感到其间有一种断离,使得我至今几乎很难接受那个六十年前已经是事实了的事实。鲁迅是学医出身,我不相信他于此无知或全然是盲目乐观。我想在他这期间的日记与书信中出现的这种矛盾的背后是隐藏着一个东西:这之前他经历了"几乎死掉",因而他就更热爱生,更希望能活下去,或者说坚持要活下去,也许这是人之为人的一个很基本的愿望。鲁迅曾经自号"俟堂",有待死之意,那是在他身体康健没有死的危险的时候;这回真的要死了,他却反复地讲着自己不会死的话。在这期间他还写过《死》,一般认为是当遗嘱写的,我现在却不这样看,我觉得这文章并非写在死前,却是写在"死"后,是重新回到生之后对曾经经历过的死的回顾,那结尾处"后来，却有了转机，好起来了"的话也就并非是闲笔。鲁迅信里所有乐观言语与其说是写给亲友们，还不如说是写给他自己的，是对自己日趋衰亡的生命的一种鼓励，一种支持，他把这种鼓励与支持差不多坚持到生命的最后一刻。这也是我看到他的绝笔信和遗容照片特别感到心酸的地方。

当然在最后的时日里，鲁迅也是鲁迅，也还是那个二十九年前在《摩罗诗力说》里昭示的"摩罗诗人"和十八年前在《狂人日记》里塑造的"狂人"，他一如既往地关怀这世界，一直抗争黑暗到死；他的非同寻常的艺术创造力也没有衰退，所写的洋溢着狞厉之美的《女吊》和笔墨润泽舒展的《因太炎先生而想起的二三事》（因他的死而未完成），都可以入得他一生中最好的文学作品之列；同时我们也看到他是更从细微之处去珍惜生活了——也许是因为他穿越了死而对生的体会更深，他的生意也就更浓。对鲁迅来说，抗争死亡也正是在抗争黑暗。在《"这也是生活"……》里，他曾描写过他"几乎死掉"而又活过来后的一个细节：

"有了转机之后四五天的夜里，我醒来了，喊醒了广平。

"'给我喝一点水。并且去开开电灯，给我看来看去的看一下。'

"'为什么？……'她的声音有些惊慌，大约是以为我在讲昏话。

"'因为我要过活。你懂得么？这也是生活呀。我要看来看去的看一下。'"

后面又写道：

"街灯的光穿窗而入，屋子里显出微明，我大略一看，熟识的墙壁，壁端的棱线，熟识的书堆，堆边的未订的画集，外面的进行着的夜，无穷的远方，无数的人们，都和我有关。我存在着，我在生活，我将生活下去，我开始觉得自己更切实了，我有动作的欲望——但不久我又坠入了睡眠。"

每次读到这段文字我都有一种特别的感动。获得生命和获得生命之后的安详，或许只有经历过死的人才有这样的感受，也只有像鲁迅这样热爱生的人才能如此真率地表达这种生命的感受——那是我在别处从来没有读到过的。我觉得这篇文章对于理解鲁迅最后这一阶段（以及理解整个鲁迅）有着特别的意义，也可以说是他给我们留下的一把钥匙罢。而见于他的日记和书信中的一些似乎琐碎的事情正可以证实我在这里所表述的对他的印象,如果放它们在鲁迅最后的死这样一个背景下的话。

如八月二十五日日记记载:

"午后靖华寄赠猴头菌四枚,羊肚菌一合,灵宝枣二升。"

从两天后他给曹靖华的信中能看出此事带给他多少生趣:

"红枣极佳,为南中所无法购得,羊肚亦作汤吃过,甚鲜。猴头闻所未闻,诚为珍品,拟俟有客时食之。但我想,如经植物学家及农学家研究,也许有法培养。"

再过十一天他又写信,对此还是津津乐道:

"猴头已吃过一次,味确很好,但与一般蘑菇类颇不同。南边人简直不知道这名字。说到食的珍品,是'燕窝鱼翅',其实这两种本身并无味,全靠配料,如鸡汤、笋、冰糖……的。"

十月十日,也就是去世前九天,日记记载:

"午后同广平携海婴并邀玛理往上海大戏院观《Dubrovsky》,甚佳。"

鲁迅是很喜欢看电影的,这个十月他一共只活了十九天,据日记记载就去看了三部片子,但似乎以这最后一次给他带来的喜悦为最大。当天他就写信给黄源：

"今日往上海大戏院观普式庚之《Dubrovsky》（华名《复仇遇艳》，闻系检查官所改），觉得很好，快去看一看罢。"

又写信给黎烈文：

"午后至上海大戏院观《复仇遇艳》（《Dubrovsky》by Pushkin），以为甚佳，不可不看也。"

在信末他还写了"特此鼓动"一语。在我看来，这都是很可令人亲近而又不能不感到难过的；这里的鲁迅大概只有"赤子之心"一语可以用来形容罢。另外七月二十三日他对捷克译者雅罗斯拉夫·普实克有关《呐喊》稿费的答复亦使我有此感觉：

"至于报酬，无论那一国翻译我的作品，我是都不取的，历来如此。但对于捷克，我却有一种希望，就是：当作报酬，给我几幅捷克古今文学家的画像的复制品，或者版画（Graphik），因为这绍介到中国的时候，可以同时知道两个人：文学家和美术家。倘若这种画片难得，就给我一本捷克文的有名文学作品，要插画很多的本子，我可以作为纪念。我至今为止，还没有见过捷克文的书。"

而十月十一日日记更有这样的记载：

"同广平携海婴往法租界看屋。"

记得最初读《鲁迅日记》竟把这句话给漏过去了，大概是因为我绝想不到在他去世前八天还会有这样的举动。这是他最后的一项重要计划，在通信里对此有过详细的说明，如"颇拟搬往法租界，择僻静处养病，而屋尚未觅定"（十月十二日致宋琳）和"条件很难，一要租界，二要价廉，三要清静"（十月六日致曹白）等，我觉得在那时鲁迅的眼里，他的生活还有着很长的前景；而满怀信心注视着那前景的鲁迅是一个很可爱的人。

我在这里所看到的鲁迅就是从最质朴的意义出发去热爱生命，眷恋生活，他因此要坚持在这世界上活下去，他不放弃希望，对一切都不无天真地要求着"好"，直到他的死为止。他的生命首先在这个意义上就是坚强不屈的。我心目中的鲁迅，是从这最基本的一点生发开来，以至于达到这一形象几十年间所展现给我们的各个侧面和全部内涵，我也正是从这一点开始热爱整个鲁迅的；想到这样一个人竟然死了，能不使我为之动容。

一九九六年十一月三日

朱安的意思

抗战末期,朱安因生活困难,有出售鲁迅在平藏书动议。一时舆论哗然。唐弢恰于此时北上,便由友人陪同,前往劝阻。谈话内容,先被他记载在《"帝京十日"解》里,多年后又抄入《关于周作人》一文:

"宋紫佩说明来意,我将上海家属和友好对藏书的意见补说几句。她听了一言不发。过一会,却冲着宋紫佩说:

'你们总说鲁迅遗物,要保存,要保存!我也是鲁迅遗物,你们也得保存保存我呀!'

说着有点激动的样子。"

朱安的话很令我感动,觉得凄切入骨,一个不幸女人毕生感慨,凝聚于寥寥数十字中,其为此老妪之一篇《离骚》欤。她始终生活在黑暗里,然而如这里所显示的,黑暗也能发出强烈的光。我向来不爱议论别人家的私事，但是这番话里有超越私事的意思，似乎值得体会。

话头是从保存鲁迅遗物提起。"遗物"，《现代汉语词典》释为"古代或死者留下来的东西"，不过这里所谓遗物却非同一般，实有文物的含义。《现代汉语词典》将"文物"释为"历代遗留下来的在文化发展史上有价值的东西"，未免语焉不详；《辞海》说是"遗存在社会上或埋藏在地下的历史文化遗物"，所列内容有五，其第一项云："与重大历史事件、革命运动和重要人物有关的、具有纪念意义和历史价值的建筑物、遗址、纪念物等。"此例正与之相合。其中遗物与文物可以通用，然而朱安说"我也是鲁迅遗物"，则别有一份孤寂荒凉在焉。

遗物也好，文物也好，说到底都只是物。朱安生而为人，却说自己是物，因为在这一语境中，物有着人所不具备的价值，所以她要争取一点哪怕是做物的权利。做人之苦难与悲哀，我想无逾于此。当然人不是物。虽然法国新小说派的罗伯-格里耶，在其作品中早已用看待物的眼光去看待人了，但这毕竟是人间之上的视点；我们生息于人间，无论如何还是需要抱着"人不是物"的信念，否则没法活了。无视人的存在，则人尚且不如一物。朱安的话所启示我们的，也正是这一点罢。

　　世界上本来只有遗物，没有什么文物，人们把一部分遗物叫作文物罢了，也就是赋予了它们某些意义，如前述词典所提示者。而前提之一，即如《辞海》说的"与……有关"。在这一事例中，对象是《辞海》标举的"重要人物"。"重要"当然是重要的了，然则其不同于"历史事件、革命运动"处，在于这个对象是人。斯人已逝，遗物犹在，生者着意加以保存，正是以其为媒介，与故者建立起一种联系，以超越生死之间的界限。此之谓"睹物思人"。如此说来，这一行为原本是颇有人情味的。文物涉及多个方面，这里较之别处，似乎应该多着这样一重意义。我们热爱鲁迅，因此重视他的遗物，包括藏书；而把寄托于藏书的一点人情扩大及于朱安，便是"我也是鲁迅遗物"的意思。这当然与文物问题无关，但是只见物不见人，总归与以遗物为文物的初衷多少相违，无论这个人是遗物的主人，还是与主人相关的人，抑或是完全无关的人。

　　我写这篇文章，本来是想谈谈对文物的看法的，囿于外行身份，终究不敢乱说。一下子就说到人上面去了，盖自忖对这个还稍有点儿发言权也。但是我也不打算拾几百年前人的牙慧，作"要更热爱人"之类近乎可笑的呼吁。前几天写文章谈及俄罗斯作家，我说他们似乎对人类尊严的底线特别敏感，无论这底线在何时何地被逾越，无论所涉及的是自己还是世界上的任何人，都无所顾忌做出反应。我们至少要迟钝一点儿，此乃文化背景不同使然。其实朱安所要求的，也正是一条底线；尚且谈不到尊严，只是生存而已。这是人对物的世界一点微弱的抗议声音。

二〇〇〇年十月七日

辑二

生死问题

李健吾在《叶紫的小说》中说:

"当着一位既往的作者,例如叶紫,在我们品骘以前,必须先把自己交待清楚。他失掉回护的可能。尤其不幸是,他还没活到年月足以保证他的熟练。他死于人世的坎坷,活的时候我们无能为力,死后他有权利要求认识。"

对于一篇论文来说,这段话大约属于闲笔,但很使我感动。记得当初刘半农去世后也有过如何对待故者的争议,最后归结为文章里边所表现的反正都是作者自己,那么这里的李氏就显得可亲可敬,总觉得他的心很软,也很暖,真是悲天悯人。此外我也因此对生死之间的事情有所感触,"他失掉回护的可能",的确对一个人来说,活着是一回事,死了又是一回事。

关于死，人们有过很多议论，似乎还以马丁·布贝尔在《死亡之后》中说的最为确当：

"死是一切我们所能想见的事物的终结。"

而莱茵霍尔德·施奈德描述的临死之前的感受可以当作对布氏这话的诠释了：

"每迈一步，每次推门，上每级台阶我都在说：这可是最后一次！最最后面的一次！"

从根本上讲，我把死理解为不再可能。生意味着总有机会，甭管它是好是坏，实现的概率有多大，总归是有这个可能性；死则是所有可能性的终结。只要可能性在现实与想象中不仅仅是坏的，死就是一件残酷的事。俗话说："天无绝人之路"，对于一个活人来说确实如此，但是死把所有的路都给绝了。所以伊利亚斯·卡内蒂说：

"生命的目的十分具体而且郑重，生命本来的目的乃是使人得以不死。"

生命的目的就是为它自己寻找一种可能性。这种寻找，这种被寻找着的可能性，深厚而广大，几乎是无限的——然而实实在在的死使之成为有限。世界被我们每个人直接与间接地感知着，我不知道我的世界从何时始，但我知道它到何时终。一个人死了，对这个世界来说是他死了，对他来说是他和这个世界都死了。而且正如雅斯贝尔斯所说：

"凭借继续在他人记忆中存在；凭借在家族中的永生；凭借青史留名的业绩；凭借彪炳历代的光荣——凭借这些都会令人有慰藉之感，但都是徒劳的。"

问题并不在于死后的事情是否确定；问题在于死者无知，对确定与不确定都无知。这种慰藉之所以徒劳，是因为它与一切生命的所有一样，无法延续到生命完结以后。死者可以给这世界遗留一些有形或无形的东西，但他不再能控制它们，它们属于生者了。不错，很多死者因为各种原因至今还为我们所记住，但是当直接来自感知的记忆断绝之后，死者就仅仅是一个名字，或者说一个符号而已，仿佛是有关他发生的一切其实与他并不相干，因为他早就不存在了。

李健吾说叶紫"死后他有权利要求认识"，对我们来说这个"他"是叶紫，对死了的叶紫来说"他"是谁呢。即使像李氏这样去体恤死者，叶紫也是不会知道的；他生前没有听到的话，死后更听不到。"不再可能"不仅仅针对死者本身，对于与死者有关系的生者也是如此。最通人情的李健吾所面对的只能是一个不再有叶紫的世界。我们向死者伸出手去,握住的只是虚空,这是最使我们感到痛苦的。我想起我去世了的父亲。父亲去世给我的真实感觉并不是我送走了他,而是我们在一起走过很长的一段路,他送我到一个地方——那也就是他在这世界上最后的时刻——然后他站住了,而我越走越远,渐渐看不见他了。事实往往如施奈德所说:

"我们只有以死为代价,才能发现人、热爱人。"

但也不是由此就要得出悲观的结论。对于一个活着的人来说,死是将要到来的一种事实,而生是现在就存在着的事实。对什么是死以及死之不可避免的清醒认识说不定会给我们一些帮助。保尔·蒂利希说过:

"死亡使人能够探询生命的真谛——也就是说,死亡使人超越自身的生命并且赋予人以永恒。"

从前我写过《关于孔子》,引用了《论语·里仁》中这一节:

"子曰:'朝闻道,夕死可矣。'"

我把它当作孔子人生哲学的归结处。现在想来,关于生死问题孔子也有他独特的思考。以"闻道"和"死"来进行比较,很明显死是不能把握的,而闻道是有可能把握的,因为闻道不论多不容易,总还是隶属于生的一项活动；也就是说，闻道才有可不可的问题，而死却谈不上可与不可。所以依常规讲，恐怕应该是："夕死，朝闻道可矣。"但孔子偏要反过来说，我想他是有一番道理的。在确定的死与不确定的生之间，他最大限度地张扬着生，尽量赋予它一种确定的意义，既然死是不可以把握的，那么就尽量去把握可以把握的生，这种把握的极致也就是闻道。他这么说乃是把闻道放在了死之上。孔子还说过"未知生，焉知死"的话，他的着眼点都在生这一方面，而"朝闻道，夕死可矣"同样表现了他这个想法。朝在夕之前，同样闻道只能在死之前；他是说要在你有限的人生之中去完成你的人生，人生截止于死那一刻，对于死后他是无所依赖的。这样死才有可能不是唯一的结论，死前有生，生有生的意义。从这一点上讲，闻道与蒂利希所说的"永恒"是同义词。

生死之间是一个不可逾越的界限。最大限度地张扬生，就意味着有限的生命对于这界限的一种冲撞，使得生命的尖锋有突入到死亡之中的可能。欧仁·尤奈斯库是我所知道的对于死最有感受的人，在他的日记里一方面明确地说："生，是为了死。死是生的目的。"一方面又说：

"虽然如此，我还是全力朝生命狂奔，希望在最后一刻追上生命,就像要在火车启动的一瞬间踩上车厢的踏板一样。"

同样川端康成也在《临终的眼》一文中说过"我觉得人对死比对生要更了解才能活下去"的话。他对垂死的画家古贺春江有这样的描述:

"听说他画最后那幅《马戏团一景》时,就已经无力涂底彩,他的手也几乎不能握住画具,身体好像撞在画布上要同画布格斗似的,用手掌疯狂地涂抹起来,连漏画了长颈鹿的一条腿他也没有发现,而且还泰然自若。"

又说:

"后来他越来越衰弱了,在纸笺上画的名副其实的绝笔,只是涂抹了几笔色彩而已。没有成形的东西,也不知道是什么意思。到了这个地步,古贺仍然想手执画笔。就这样,在他整个的生命力中,绘画的能力寿命最长,直到最后才消失。不,这种能力在遗体里也许会继续存在下去。"

我的父亲在他一生的最后十几天里忽然计划要创作一个组诗,他口述给我记录时,身体虚弱得连盖的薄薄的被子都不能承担,仿佛收音机的电池耗尽了电,念每一句咬字和声调都渐渐变得不确定,模糊,最后变成一缕缕游丝，在夜间空荡荡的病房里飘散。但他的诗依然像一向那样充满了奇瑰的想象力，而且更有力度，无拘无束。当时我就感到好像有一种东西撞破了生死之间的铁壁。我想对于作为诗人的父亲来说，也是写诗的能力比他的生命本身还要长罢。

一九九五年八月十日

谈疾病

我本是医生出身，从前每天上班都要给人写些病历什么的，自己也免不了偶尔头痛脑热，所以可以说是对疾病有着双重的感受，但现在却不想在这儿谈论某一种特定的病症，想说的是"生老病死"里的那个"病"。生老病死，这是多么周全的一个体系，仿佛其中蕴含着什么匠心似的；虽然我是唯物论者，并不相信有造物，但也觉得这实在安排得太妙了。生与死是根本对立着的，生就是不死，死就是不生；老虽是生得久了，却往往是生意更重；在其间插入一个病字，庶几可使生意渐减，死意渐增，作了必不可少的过渡。这个意思，差不多所有谈论自己病况的人都曾说到，譬如蒙田就说：

"我患肾绞痛起码体会到这样一个好处：那就是它教我认识死亡，而过去我是不可能下决心去了解死亡，去和死亡打交道的。我愈是感到重病在身，剧痛难忍，我愈觉得死亡并不那么可怕。"

病仿佛是死发出的一声你不能不回应的招呼；死成了一个具体的东西，不再仅仅是不尽的黑暗。而作为基督徒的莱茵霍尔德·施奈德在另一种"重病在身，剧痛难忍"的情况下，所说就更透彻了：

"我简直无法设想，上帝要去无情地摇醒已拜倒在其脚下且奄奄一息的睡梦中人——一个终归要睡去的病人。任何一位医生或护士，都不会去干这种傻事。上帝就更不会了。"

这番话最可以用来说明我们通常所谓"解脱"了。不错，死可以是解脱，但死是把人从什么之中解脱出来呢。如果没有疾病，如果没有其他类似疾病的折磨，人是不会要求什么解脱的；生是不会厌恶生的，生所厌恶的，只是生的不如意而已。死正是使人能够不再忍受他已不能忍受的疾病之类的折磨。简·奥斯汀死于"一种顽固的不治之症"，她哥哥为她所作传略记载：

"当家人最后一次问她还需要什么时，她回答道：'除了死亡，我什么也不需要了。'"

这是说得多么苦的话，但我们也在这里看到病甚至替代了死而处于与生相对立的一方面，死反而成了对生的一种帮助了。至少也可以说，人面对病的被动使人得以主动地面对死。病就是这样使我们终于能够接受从根本上讲是不可能接受的死，我们因而也就把生老病死当成是自然的流序，人人都可以尽量坦然地面对这唯一一次生命旅程的行将终结。所以川端康成才说：

"芥川在《给一个旧友的手记》里这样写道：'我说不定会自杀，就像病死那样。'可以想象，假使他仔细地反复考虑有关死的问题，那么最好的结局就是病死。"

如果把"生老病死"作为对整个人生的说明，那么其中的"病"就不仅仅是疾病，而是可以指代一切生的不如意，无论是来自自己的、别人的，还是社会的，或者根本是无名的。一切不如意都是对生的锤炼，使生能够在现实中落下脚来，从而使我们更能认识生的真正含义。生老病死，这里的生真是太好了，它给我们提供了全部基础，但是这个生永远不是一个幻想，不可能没有老作为它的趋向，不可能没有病作为它的负担，也不可能没有死作为它的结束的。

十六世纪的医生帕拉切尔苏斯说：

"疾病是世界的譬喻，因为人人都在死亡中行进。"

这是我很喜欢的一句话。我们看自己就是看世界，同时更清楚地认识了自己，而自己也不再是孤单的个人了，所有细微的变化都指向某种深邃久远的所在。生真是沉重的一个字；但另一方面我又想，那些在死亡中行进着的也正是被生所鼓动着的人们罢。

一九九五年八月十四日

死者

　　以下的想法本是参加追悼会听人致悼词时想起的，迟迟没有写下来是觉得未免有些不敬或不近人情，但是我确实是有着一个问题。在我印象中悼词都由这样几部分组成：首先是报告某人的逝世，然后追述他的生平，继而概括他的功绩或精神并指出这是我们应该向他学习的，最后以一句"某某同志，安息吧！"作结。我所想提出的是有关悼词的对象问题。从前三部分看，实际上的对象是在场的听众即生者，因为只有他们才需要了解有关死者的上述情况，当事人是不需要对他陈述有关他本人的事实的，实在也没有必要对他这样做；而在最后虽然简短但又相对完整的那一部分里，死者却从人群中挤出来，屏退了所有生者，独自领受这唯一说给他听的话。这样一篇悼词里就同时出现了第三和第二两种人称。好像所有的悼词都是如此似的。

现在我想这种人称上的混乱或许正表现出今天的我们常常面临的某种尴尬：死者对我们来说到底是什么，我们无法予以确定，或者说态度总有些两难。事实上死者已经不存在了，举行追悼会以及致悼词本身就说明了这一点；但是我们又希望他还在我们之间，从人情上讲我们不能承认正在做的是一件与他无关的事。也许要说现在悼词的意义更在于"盖棺论定"，但盖棺论定这句话其实说的是两码子事：对死者是"盖棺"，对生者是"论定"，永远如此，而其间隔着的是双方都无法逾越的死。张爱玲说过一句近乎残酷的话："活人的太阳照不到死者的身上。"我倒觉得我们在这里所做的仿佛正是举着人间的阳光尽力照向那永恒而无边的黑暗。所以尽管所有的悼词都是那么的程序化，但在这一点上还是一次次地使我感动。今天的悼词大约是从古代的祭文演化而来，祭文的内容都是直接说给死者听的，仿佛是一种倾诉，对象当然只能是死者本人。特殊的例子里，已经不知道死者的姓名了，还要代为拟一个，如谢惠连在《祭古冢文》中说的"既不知其姓名远近，故假为之号曰冥漠君云尔"，只有如此，他所要说的抒情与感慨的话才能说得出来。这大概就是《论语》所谓"祭如在"罢。科学昌明的今日我们大概就不能再这样照着做，而且在这类事务所必需的仪式上更重要的又是要说生者之间的话，但悼词最后对行文人称限制的破坏好像还是隐隐表达出一种"祭"的意识，一种想维系我们与死者关系的愿望。甚至连"死者"这样的词我都觉得带有人情，因为只有生者才是"者"，死者死了，他就不再是这世界上的一个"者"了，但我们还这么称呼他们，还在我们身边给他们留一个位置，因为我们对他们有一份情感，如果他们真的什么都不是了，我们的情感就无以表达。

我们这种尴尬或两难也不尽是出于唯物主义的推论，在古人那里实际上是已有类似的问题了。元稹以伤悼诗闻名，在他大多数这类诗中，都是用第二人称直接写给死者的，比如《遣悲怀三首》中的"今日俸钱过十万，与君营奠复营斋"和"闲坐悲君亦自悲，百年都是几多时"；这里诗人是在面对着他的"君"，联系他们之间曾存在的某种特定的生活环境在抒发自己不尽的哀情，在他的意识里，她虽已死，但还是一个"者"，还是一个可以向其抒发情感的对象，那环境能为她所知，那哀情也能为她所感，随着他的抒情，她仿佛又回到那环境里了。可是在另一组《六年春遣怀八首》中，他笔下却出现了"我随楚泽波中梗，君作咸阳泉下泥"的句子，似乎已经因生死之间的永久隔绝而绝望，虽然还以"君"相称，但更多的是感到对方的不存在了。他还面对着他的"君"，可是她已经在冥茫之中，他根本看不见的地方了。

元稹的《遣悲怀三首》是以这样两句收尾的："唯将终夜长开眼，报答平生未展眉。"这样的一个诗人形象是我们难忘的。我有时想他在黑暗之中看见的是什么呢，是什么使他久久不能入睡呢。死者不在，这是一个事实；死者还在，这也是一个事实——很多年前元稹的"君"是被诗人记忆着，诗人凝望着黑夜，是在敞开记忆之门；很多年后对所有与死者相关的我们来说，死者是因为他们生前与我们结下的各种情感的关系，活在我们的记忆里，与我们生活在一起，并可能陪伴我们走过我们剩下的一生。虽然据雅斯贝尔斯讲，指望在他人的记忆中继续存在总是徒劳的，但从生者那一方面考虑，我觉得斯蒂芬·欧文在《追忆》一书所说就更合情理一些：

"通过回忆，我们向死去的人偿还我们的债务，这是现在的时代对过去的时代的报偿，在回忆的行动里我们暗地里植下了被人回忆的希望。"

而且我们并不是要记住谁就能记住谁，要记住什么就能记住什么,而是某位死者、他的某件事情自然而然活生生地存在于我们的记忆之中。这一情况与人的生命本身的状态是那么相似,我们甚至因此相信从某种意义上讲,这正是死者生命的延续。在这一关系中,情感就是记忆,而记忆也就是情感。

一九九七年一月五日

己所欲

"己所不欲,勿施于人。"这句话孔子在《论语》中说过两遍:一次是用来形容"仁",见《颜渊》篇;一次是形容"恕",见《卫灵公》篇。当然恕也就是仁。"己所不欲"是如此,那么"己所欲"怎么办呢。他没有这么一总地说,但在《雍也》篇里讲:

"夫仁者,己欲立而立人,己欲达而达人。"

我们也就可以知道他的意思。孔子这么说自有他的道理,在他(以及后世的儒家)看来,作为社会的一分子,人人都有着共同的"欲",可以由我的欲推知别人的欲,或者干脆说我的欲也就是别人的欲,那么我想要的别人也会想要,我不要的别人也不会要,待人正有如待己。

这个人所共同的欲,大概是有三个层次:从最基本的说,就是《礼记·礼运》所讲的:"饮食男女,人之大欲存焉。"往上一步，是孔子说的"立"和"达"，据阮元在《论语·论仁篇》中解释，"立"是"三十而立"的立，"达"是"在邦必达，在家必达"的达，站得住，行得通，总之是在社会里取得一个位置。再往上，则是孔子说的"我欲仁"了，用《孟子·离娄》中的话形容就是"民之归仁也，犹水之就下、兽之走圹也"。那么在这本能的、社会的和人格的三个层次上，反面地讲都是"己所不欲，勿施于人"，正面地讲则应该是"己所欲，施于人"了。

《庄子·应帝王》讲过一个故事：

"南海之帝为儵，北海之帝为忽，中央之帝为混沌。儵与忽时相与遇于混沌之地，混沌待之甚善。儵与忽谋报混沌之德，曰：'人皆有七窍以视听食息，此独无有，尝试凿之。'日凿一窍，七日而混沌死。"

很显然庄子是不同意孔子一派的说法的。在他看来，第一，人没有共同的欲，有的有窍，有的没有；第二，我的欲不是别人的欲，儵忽需要窍，混沌不需要。我这些年于《庄子》与《论语》都曾下过番功夫，其间最是这一层不可调和，就是现在我也不能断定谁是谁非，他们的出发点根本就不同。勉强说来，从群体出发，当侧重于孔子；

从个体出发，又当侧重于庄子。还可以从"欲"到底是什么或者说从它的不同层次看，那么越趋于基本，我越觉得孔子说的对；若是升华到思想、精神、社会意识的程度，似乎庄子所言更有些道理。

孔子孟子都可以被看作是理想主义者。能够成为理想主义者，正是要有这样两个落脚点：第一，大家可以共同隶属于一个理想；第二，我个人的理想可以推而广之，为别人所接受。《孟子·万章》说：

"伊尹耕于有莘之野，而乐尧舜之道焉。非其义也，非其道也，禄之以天下，弗顾也；系马千驷，弗视也。非其义也，非其道也，一介不以与人，一介不以取诸人。汤使人以币聘之，嚣嚣然曰：'我何以汤之聘币为哉？我岂若处畎亩之中，由是以乐尧舜之道哉？'汤三使往聘之，既而幡然改曰：'与我处畎亩之中，由是以乐尧舜之道，吾岂若使是君为尧舜之君哉？吾岂若使是民为尧舜之民哉？吾岂若于吾身亲见之哉？天之生此民也，使先知觉后知，使先觉觉后觉也。予，天民之先觉者也；予将以斯道觉斯民也。非予觉之，而谁也？'"

《孟子·尽心》则说：

"穷则独善其身，达则兼善天下。"

伊尹作为孟子心目中的一个理想主义者,他正是经过了一个从"独善其身"到"兼善天下"的过程。独善其身与兼善天下,这可以说是理想主义者的不同发展阶段,也可以说是理想主义者的两个主要类型。前者实现理想是以自我为终极,满足于自身的"知"与"觉",最终想把自己变成圣人,我们可以称之为个体的理想主义者;后者实现理想是以社会为终极,这就牵涉到别人,要以"先知觉后知""先觉觉后觉",最终想把人间变成天堂,我们可以称之为社会的理想主义者。

人生不光是一门学问,它是一种行为;人是生活在社会之中,人与人之间不能不发生关系;人是在社会中完成自己的人生,这过程总要涉及别人。就像《论语·公冶长》所说的:

"子贡曰:'我不欲人之加诸我也,吾亦欲无加诸人。'子曰:'赐也,非尔所及也。'"

但是另一方面孔子又说过"君子求诸己,小人求诸人"的话(《论语·卫灵公》),孟子也讲:"人之患在好为人师。"(《孟子·离娄》)他们似乎是看出了这个方向上的一种潜在的危险性。在庄子讲过的故事中,儵和忽给混沌"日凿一窍",是出于"人皆有七窍以视听食息"，"谋报混沌之德"，结果却是"七日而混沌死"。庄子所不满的是以己度人的思想或行为的方法。在他看来，把"己所欲"施于人很容易就变成把"己所不欲"施于人了。而且从"独善其身"到"兼善天下"，往往沿途就播下了狂热的种子，"施"，由讲理到不讲理，由劝导到强制，甚至更厉害些，似乎也只是一步之遥。其实我读《论语》时已多少有这种感觉。孔子那么一个"温良恭俭让"、循循善诱的人，就可以有这样的举动：

"宰予昼寝。子曰：'朽木不可雕也，粪土之墙不可朽也。于予与何诛？'"（《公冶长》）

"季氏富于周公，而求也为之聚敛而附益之。子曰：'非吾徒也。小子鸣鼓而攻之，可也。'"（《先进》）

而《荀子·宥坐》更记载着：

"孔子为鲁摄相，朝七日而诛少正卯。门人进问曰：'夫少正卯，鲁之闻人也，夫子为政而始诛之，得无失乎？'孔子曰：'居！吾语女其故。人有恶者五，而盗窃不与焉：一曰心达而险，二曰行僻而坚，三曰言伪而辨，四曰记丑而博，五曰顺非而泽。此五者有一于人，则不得免于君子之诛，而少正卯兼有之。故居处足以聚徒成群，言谈足以饰邪营众，强足以反是独立，此小人之桀雄也，不可不诛也。是以汤诛尹谐,文王诛潘止,周公诛管叔,太公诛华仕,管仲诛付里乙,子产诛邓析、史付。此七子者,皆异世同心,不可不诛也。《诗》曰,"忧心悄悄,愠于群小"。小人成群,斯足忧矣。'"

《论衡·讲瑞》还有"少正卯在鲁,与孔子并,孔子之门,三盈三虚"的说法。诛少正卯这事,我一向是不大清楚的,怎么会由"仁者爱人"一下子就跳到杀人了呢。现在想来如果这是真的,也是孔子实现其理想的一项措施罢。孔子说过"杀身以成仁"(《论语·卫灵公》),本是自况的话,现在则是杀他人之身以成自家之仁了,大概是既然为了理想可以牺牲自己,那么也可以把别人当作牺牲了。而且依《荀子》说,这样的事还不只是孔子这一档子呢。

我们把孔孟称为理想主义者,并不意味着对"理想主义者"这个概念的褒扬,当然也不是贬损;理想主义者在我看来仅仅是指一种人,一种具有其理想并往往把这理想推及于他人的人。讲到我自己,一方面,我是生于卡夫卡以及二次世界大战之后的人,很难再像前几辈人那样坚信一己的理想就一定能够好好儿地实现,所以做不成什么理想主义者;另一方面,我也知道理想于我实在还是一个好东西，我的理想是照亮我自己的光。

一九九五年八月十六日

托尔斯泰之死

"列夫·尼古拉耶维奇突然出走了……"一九一〇年十月二十八日托尔斯泰夫人在日记中这样写道。而在此前两天，托氏的秘书布尔加科夫已经谈到亲朋好友对他可能在不久的将来出走"议论得越来越频繁了"。两相对照，我觉得这"突然"二字实在是有很苦的一个意思，特别是他们夫妇早就知道彼此间的折磨是再也不能忍受的了。至于托氏一贯的支持者和鼓动者——他的小女儿萨莎和挚友契尔特科夫，虽然说得上是比托尔斯泰更彻底的托尔斯泰主义者，恐怕也没想到出走竟会马上就送了这八十二岁老人的命。在这一切人里，其实只有一位对这一举动及其结局是看得清楚的，那就是托尔斯泰本人。在萨莎写的《父亲》一书中记述了他病危时的一件事：

"订购了氧气，谢尔盖打电报到莫斯科要一张舒适的床，安排了我们当中的一人和一名医生在病人床边轮流值班。

"'而农民呢？农民是怎样死的？'当别人给父亲把枕头放好时，他叹息着说。"

萦绕在垂死者头脑中的念头正是他的追求所在。当然这只是最后的表述而已。这个意思他已说过好多次，甚至未免说得太多了。比如这年二月他给一个大学生回信说：

"您建议我做的事：放弃社会地位和财产，将财产分掉……我已经在二十五年多以前做了。但我还同妻子和一个女儿住在家里，生活条件奢侈得可怕，可耻，而周围却尽是赤贫的人，这不断地、日益强烈地折磨着我，我没有一天不在考虑按您的劝告去做。"

这次他真的做了——正因为如此，高尔基在得知托氏出走的消息后写信给柯罗连科说：

"您知道，他早就打算去'受苦'了……可是他想去受苦并不单纯是出于一种想考验自己的意志的强韧的正常愿望，而只是出于一种很明显的——我再说一遍——是一种专制的企图，也就是想加重他的学说的分量，使他的说教成为不可抗拒的东西，用他的受苦使他的说教在人们眼中成为神圣不可侵犯的东西，强迫人们接受，您明白吧，是强迫人们接受！"

这席话里有着深深的担忧：托尔斯泰主义如果只在那里说教，反对者如高尔基就很容易指斥其为虚伪；如今托氏自己把它变成行动了，不免要怕它成为真实的，或者被认为是对的。其实思想付诸行动于这思想本身并无什么别的意义，唯一的价值在于它可能构成对思想者自己的一项考验。比如这里，我们就可以（也仅仅如此）说，托尔斯泰毕竟是真的相信他所倡导的托尔斯泰主义的。托尔斯泰的思想和托尔斯泰的生活永远不相协调——之所以如此，是因为对于托尔斯泰来说它们都是真实的，所以他只能以他的死来自圆其说。说实话我从来就不认为托尔斯泰主义是多么结实的思想，我觉得有分量的（甚至可以说是我所佩服、所敬重的）仅仅是作为一种理想主义的倡导者的这个结局：一位导师把他的门徒引入他创造的秩序，他自己毕竟也在这个秩序之内；他可能毒害了他们，但是没有欺骗。任何人不信上帝我都不怕，我只怕上帝不信上帝。相比之下托尔斯泰是托尔斯泰主义的烈士，对于烈士我们无法批评——他确实为此死了。

托尔斯泰为他自己选择的这个结局，可以认为是他几乎跋涉一生的心路历程的延续。而他死前四天（也就是他谈到农民的死法的那一天）写下的绝笔，在我看来是对他内心世界最真实的揭示：

"这是我的计划——完成义务……

这对别人也有好处，但特别对我有好处。"

一九九六年三月三日

在韦桑岛

去韦桑岛之前莫林（Morin）告诉我："那可是个蛮荒的地方。"岛在大西洋里，从地图上看是在法国的最西边；我从巴黎乘高速列车到布莱斯特，再换乘大约三个小时的海船。整整三天我都在岛上漫游。离开住宿的小镇，就只见零零散散的石头垒的房子，夹杂着一些废墟，几只羊卧在房后的草地上，当我经过，它们就紧张起来。再往远处走便看不见什么人了，只有成片的荒草和长着黄色藓苔的奇形怪状的巨石。在海边，满耳都是风声，风声的间隙里听见海鸥在尖叫着。浪很大，每次我攀爬一座小山，先发现远处白花花升腾起一团团东西，然后才能看见海岸。我就一个人长久地坐在礁石上，看着天空和大海，一片灰蒙蒙的，即使有阳光照着也是如此，正像莫林说的："没有彩色，是黑白的。"我不懂法语，一直无法与人交流,在岛上的三天真可以说是与自然独处了;直到临离开时才遇见一对会讲英语的夫妇,据他们说我大概是来到этом岛上的第一个中国人。这事未经证实,但是我也并不因此就要一写这个岛,说来我一向不大喜欢读游记之类的东西,犯不上自己也来写一篇;我想写的是在岛上的思考,特别是关于自然的一些思考。所以前面那些描写纯属多余。思考自然在什么地方其实都行,非得跑到自然里去思考自然未免就太做作,韦桑岛不过是给我提供了思考所需的一点宁静而已。我在岛上什么事情也没有做,这大概算得上是我的一个隐逸之地了——记得爱默生在《自然》中就说过:

"一个人要想达到真正的隐逸,他就得既从社会中退隐,又从他的居室里退隐。当他在读书、写作时,他并不是隐逸的,虽然他此时是孑然一身。"

回想起来,韦桑岛确实是我平生所能见到的最自然的地方,我的该岛之行也是多少年来最接近自然的一番举动。然而"接近自然"这样一个念头,带给我的也是无奈多于激动:我们说实在的也只能是接近而永远不能真正成为自然的一部分。不要说这个已成为旅行去处、住宿餐饮服务都很完善的小岛了,即使真正进入北极或非洲之腹,我们也只是那里的来访者而已。我们是我们，自然是自然，根本就是两码事。我们的骨子里早已有一种背离自然的东西，那就是一向为卢梭、爱默生等人所诟病的现代文明。文明与自然相对立——这差不多是这些被我称为自然论者的全部立论的基础；但是问题不在于它们是否对立，而在于它们为什么对立，或者说能否不对立。也就是说，文明对于自然的这种背离仅仅是个偶然的错误呢，还是不能不如此的一件事情。自然论者谈到自然时很喜欢讲到人的童年，返归自然与回到童年，他们是看成一回事，比如爱默生就说：

"对于成人来说，太阳照亮的只是他们的眼睛，但对孩子们来说，太阳却能透过他们的眼睛照进他们的心田。"

由童年而长大或许真如他所说是一种不幸，但是谁能够不长大呢。人总不能不成为人；人之为人，他从树上下来，他制造并使用工具，他取火造饭，等等这一切，就从本质上意味着他与自然的告别；继之而来的全部人类文明史就注定只能是越来越远离自然的历史了，而现代文明乃是这部历史不可避免的发展结果。这样我们的思考就不能不以人背离自然为起点；以此为起点，必然意味着以人返归自然为终点的那些看法只不过是一些幻想而已。这里可以再次借用童年与成年的说法：成年总是从童年里生长出来，童年长出成年就不能再退回来；迄今为止的全部文明的发展（包括已越来越为我们所意识到的文明的弊害在内）也都是根植于决定人之为人的那个人性之中，或者说，从人告别自然那一刻就已经有了这样的一个趋势。文明是人性的发展，文明的发展是为人性所需要，谁也无法真正拒绝文明和越来越文明，即使这里面包含了多少弊害；所以，从某种程度上说，"返归自然"或"与自然和谐相处"就是不可能的——不仅如此，对于人来说，他恐怕还不能不破坏自然。记得有一次和莫林谈起这件事，他说：人与动物就有这个区别；有人讲停止破坏自然，否则人将无法生存，其实停止破坏自然，人现在就无法生存，真正的问题是如何做到最有计划和最少浪费。这使我想起《圣经》里说过的：

"你若路上遇见鸟窝，或在树上，或在地上，里头有雏，或有蛋，母鸟伏在雏上，或在蛋上，你不可连母带雏一并取去。总要放母，只可取雏，这样你就可以享福，日子得以长久。"

我在韦桑岛上，一个人在天地之间，那情景很像"相看两不厌，只有敬亭山"。也就是说，只有我所看见的一切。然而在卢梭、爱默生等的书里就并非如此，他们常常另外标举出一个视点来，"神"或"造物者"这样的字眼在他们笔下很频繁地出现，我不把这看成是偶然现象或者习惯使然。卢梭在《爱弥儿》中说过：

"从造物者手中出来时，一切都是好的；到了人的手里，一切都变质了。"

爱默生则说：

"人类堕落了，自然则挺立着，并且被用作一只差示温度计，检验人类有没有神圣的情操。"

据《人与自然》一书的编者狄特富尔特说，法国诺贝尔奖获得者雅克·莫诺也曾"把人比喻成生活在宇宙边缘的流浪汉，对于他的希望、痛苦和罪过，宇宙无动于衷"。说这些话时他们显然需要一个高于整个人类的视点。当他们把自然与文明的人类对立起来，尽量贬损后者而揄扬前者，必须要处在非人的所谓"神"的角度；因为提出"返归自然"之类的主张，总是居高临下地要为人类指出一条道路。这倒并不一定是相信有神，他们要跳出人的圈子就得借用一个神的视点。然而我却始终对这一层有所怀疑，因为那样一个出发点根本就不存在。我们的一切思想都不外乎两条：它是我的思想，同时也是人的思想；没有一种思想可以是我的而不是人的思想。自然之为"自然"，无论与人是怎样的关系，它也只能是时时被人所意识到的。像卢梭这样的意思，后来的人很喜欢津津乐道地重复，我觉得这可以说是关于人的思想，但却不是人的思想。谁也不能置身于人类之上，即使仅仅是在那里思考也不行。回到人来，或者说从人出发，承认我们也是人类的一分子，处在人类繁衍的某一点上，是迄今为止全部文明的承继者，同时这文明又不能不继续发展下去，我们恐怕就得另取一副眼光来看人与自然这回事情了。

"每一个自然过程都是一句道德断语的一部分。道德律处于自然的中心，向四周放射着光。它是每一个本体、每一种关系和每一个过程的精髓。我们处理的每一件事都在向我们布道。……自然对于每个个体道德上的影响就是它向他展现的那些真理。谁能估量出这些真理？谁能猜想出被海水噬咬的岩石教给渔人多少坚毅？风长年累月地驱赶着一堆堆乱云卷过天际，而天空却从没留下任何褶皱和斑痕，谁能设想，天空有多少勤劳俭朴、居安思危以及深切动人的情感？"

我在韦桑岛的一隅，面前的礁石席卷在海浪之中，再看一看天空，想起爱默生这一番话来，这似乎可以说是他那一派看法的代表了；但是，我实在不觉得它有多大分量。道德只是对于人为的规范，只有当人有能力选择"做"与"不做"的时候它才存在。我很想问一个问题：这"被海水噬咬的岩石"可以不"坚毅"么，而这"一堆堆乱云卷过"时的"天空"可以不"从没留下任何褶皱和斑痕"么，如果不能的话，我们怎么能说岩石或天空有没有道德或什么别的情感呢。人赋予自然一种道德，然后再从自然寻求道德上的帮助，这种人格化的自然或许就与真实的自然距离最远。爱默生等谈论自然时，实际上脑子里想的也还是文明，是为了要找一个什么东西作为道德的象征与文明对立起来看。如果不是为了要匡正文明所带来的弊害，大概他们也就用不着这个自然了。我很怀疑自然论者是不是真的关注自然，在我看来这也只是些道德论者，是一心想给人类指条出路的启蒙主义者；在他们那里，真实的自然从来就没有成为人的对象，成为人的对象的只是虚构的被人格化了的自然，只是一种道德而已。爱默生曾把自然与人工严格区分开："自然是指未被人改变其本质特征的事物"，"人工则是由人的意志与自然事物汇合而成"，那么这个被他们道德化了的自然也只能说是一种人工罢。

那么真实的自然在哪里呢,不用说它就在我们眼前,如果我们不去添加什么在它身上,而把它当作本来的存在,按照它真实的样子来感知它、欣赏它的话。人类的问题只能在人类之间即在社会里去寻求解决,如果人类自己都不能解决,自然就更帮不上我们什么忙。自然只能呈现它的千变万化的美在我们的感官里,只能作为审美对象与我们建立不可隔绝的联系,然而这也就够了。说来我在韦桑岛上的三天实在是难忘的,因为我领略了从未见过的那种真正的自然之美、原始之美;这在我一生之中也是很难得的。

一九九六年九月十五日

关于关灯

我很喜欢陶渊明的两句诗："寄言酣中客，日没烛当秉。"（《饮酒二十首》之十三）周作人有一部散文集叫《秉烛谈》，这名字我也觉得很好，就像周氏说的："只把夜阑秉烛当作一种境地看也自有情致。"不过我又想，对我们来说这是不是也仅只是一种情致呢。"日没烛当秉"，你看陶公说得多么理所当然；然而他并不知道为什么不秉烛，秉烛在他也未必算是一种境地，他的生活本来就是如此。我们现在拿秉烛当作境地，是因为谁也过不上那个生活了。那么今天在什么情况下还能"秉烛"呢，说来只有两种可能：一是停电，可以说是被迫之举；一是故意关灯或不开灯，这多少有点矫情罢。"被迫"与"故意"离"境地"恐怕就都很远。而且说穿了，时至今日我们谁不知道没有电用是非常不方便的呢。"发思古之幽情",有时尽可发它一下子,但其实"返归自然"是件不大可能的事;别说去不了,去了也不是陶渊明,因为真正的陶渊明压根儿就没来过。

最近重读了梭罗的《瓦尔登湖》。如果说这回我对梭罗有什么觉得不大舒服的,那就是他讲述他的瓦尔登湖经历的时候,似乎同时在向我们昭示着一种希望。在我看来,体现在他身上的与其说是人类的希望,不如说是人类的窘况。单单看他就他所提倡与向往的生活方式讲了那么多道理就可以看出这一点来;而他的瓦尔登湖之行也显得非常刻意,至少是很费劲儿的一项举动。但是要想摆脱人们所厌倦了的文明,摆脱它的桎梏,反抗已被意识到了的异化,似乎又只能这样。梭罗要想离开文明就得去瓦尔登湖,告别瓦尔登湖就回到了文明——对我们来说,到底是梭罗重要呢,还是瓦尔登湖重要呢。而且他那本书一开头就说:"在那里,我住了两年又两个月,目前,我又是文明生活中的过客了。"我觉得这如果要打一个比方的话,最恰当的就是关灯罢,在一段黑暗的间隙里似乎领略到了有如陶渊明那种境地,但即使真能达到,也只是对于文明生活的一种调剂罢了。梭罗的故事归根到底是一个有关人类局限性的故事。

我们（也许包括离开瓦尔登湖的梭罗在内）往往是在痛切地感受到异化的同时依赖甚至享受着带来异化的东西，这种依赖享受与异化并不能够截然分开。关于异化大家谈论过很多，其实最困难的还是人类无法从异化中完全脱离出来再去批判异化。正因为如此我重新认识了梭罗而对他并无丝毫贬损之意，相反，我倒是很敬重他，他代表了人类反抗异化的一种尝试。我不怀疑他写下的是在瓦尔登湖的真实感受。记得在梭罗开列的生活必需品清单中有一只"上了日本油漆的灯"，这使我想到他在瓦尔登湖确实是天天生活在没有电的昏暗中；对于那时的梭罗来说，瓦尔登湖与文明真的是不相容。梭罗是彻底的，因此他的尝试才是真实的。

说来梭罗的所为也只能是一种个人的尝试；别人如果模仿，只恐怕离境地更远。他本人也说：

"我却不愿意任何人由于任何原因，而采用我的生活方式；因为，也许他还没有学会我的这一种，说不定我已经找到了另一种方式，我希望世界上的人，越不相同越好……"

我因此还想到，另外有没有这种可能呢：比如说，一方面有梭罗远离尘嚣的感受；一方面很坦然地打开电灯，使用着冰箱、彩电、音响，或者还要拿起电话与朋友聊聊天——瓦尔登湖与文明，两样儿全都要。应该说这还是可能的罢，但那得是大德才行，否则只不过是取巧而已。

一九九六年三月十日

读书漫谈

前几天我梦见少年时的一些事情，却不是真发生过的，而是从前读的两本苏联小说《马列耶夫在学校和家里》和《瓦肖克和他的同学们》的内容。醒了我还久久不想起来，流连在刚才的梦里，觉得真是心向往之。对我来说读过的几本书是那段岁月唯一有点光彩，也是值得回味的记忆了。那时家里的藏书被劫掠殆尽，偶然剩下而我又能读得懂的，除了上述两种，还有半部《盖达尔选集》，其中《远方》一篇尤其为我所喜欢。这些书我读过好多遍，不仅几位主人公充当了我最要好的朋友，那里面的情节也使我的日子过得有意思了些；多少年过去，真实的生活都模糊了、淡忘了，书中所写在我的头脑中干脆替代了它们。当然若用文学史观看待也不过是些读不读两可之作，但我以个人的原因提到这几本书总有一份感谢的心情，如果没有它们我大概就没有一个少年时代了。我没有写过什么自传，要写的话我想我的前半生里读过的书的内容大约会在其中占去相当大的篇幅，书中的人物也会以同样或更为重要的位置混杂于我的亲友之间罢。

说来我也知道，把自己放置在文学作品的情境中，或把文学作品的情节人物引入自己的生活，至少这也是一种过了时的阅读心理和阅读方式。但是我并不因此抹杀书曾经对于我的生活所起的那种作用。有一派意见认为生活才是真实，而书不过是"真实的影子"，我想这是死于"真实"与"虚构"这些词之下了，既不明白什么才是真正的真实，也不理解书到底对我们来说意味着什么。过去我认为我们的生活（首先是，但不仅仅是精神生活）是在这样几个主要的维度上展开的：生与死，我与他，人与自然。现在想想还应该再加上一个：生活与书。随着现实主义作为文学史的一个时期告一段落，我们的文学阅读史也就开始了一个与"仿同"不同的新的时期；但是无论写法与读法发生了什么变化，生活与书作为一种特殊的关系永远存在，而其间绝不是简单地可以真实与虚构截然分开的。

写到这里，大约有人会说你别是要写一篇"读书颂"或"劝学篇"罢，那倒不是，就是想写也写不成。因为我迄今还不能回答诸如"读书到底有什么好处"或"不读书到底有什么坏处"这样的问题。世界上有很多根本不读书的人，我不清楚他们因此少得到什么好处或得到了什么坏处。这一情况虽不至于动摇把生活与书看成是人生一件大事（因为相类似的情况是：世界上有很多人根本与自然不发生什么关系，可是我们还是把自然看得如此重要），不过也就让我们说不出鼓动读书的话。以我个人的经验，有一个印象不知确否：不读书或多读书并不见得有多少好处，但如果光是读很少几本书大概就只有坏处。此外还有另一个印象：有人读书好比拿它垫在脚底，结果越读自己越高；有人读书则好比压在头顶，结果越读自己越低。就后者说当然也不是好处了。所以我其实并不一概地相信"开卷有益"这种说法。

说到我自己，好像前半生除了读书，没有做什么别的事情，可是我也不能说读书给了我什么好处。第一我也在虽读书但读得不够多之列，第二读书并没有使自己的境界或思想渐渐高起来，当然那原因却在于另外一点：有一次我回顾往昔，不免有所疑问，一个人读的书中，到底是好的多呢,还是没价值的或者干脆说是坏的多呢;以我而言,不幸又属于后者了。我一直倒是很用功读书的,记得上初中时家中无书可读,每天下学都走近三站地去东城区阅览室看书,回家很晚,在路上买一小包素炸丸子放在衣袋里边走边吃,常常把衣服都弄油了。我差不多读过当时和此前一二十年间出版的所有中国的和打苏联翻译过来的小说——现在回想起来,为此花那么多时间与精力怎么说也有点儿不大值当似的,刚才说过"垫在脚底"的话,就算都踩着它们我大概也未必能升高多少。说来我不仅没因此得到什么帮助,后来我自己写小说,写散文,努力想从当时受到的种种影响里摆脱出来,想把读过的东西都忘掉,却花了更多的时间与精力,而且恐怕至今也没有做得彻底。"偷鸡不成蚀把米",斯是之谓欤。我为此懊丧了很久,直到去年遇见昭阳兄,闲谈间问他近来看什么书,回答正重读《钢铁是怎样炼成的》,我有些奇怪,本来欲说就中保尔与冬妮亚那段儿可能还有点意思,转念一想这个以前在别的书里写得多了,也不过是浪漫主义的滥调而已,遂不知该说些什么。他说他留心的是朱赫来是怎样去影响和改造保尔,即人是怎样炼成钢铁的,其中颇有值得深思之处。我听了真是恍然大悟,平常与朋友往来,能获取新的思想已属难得，像昭阳兄这样提供新的方法的则还是头一次。或许如此才可以一谈读书，而想起来我在这里说的很多话也就算是白说了。

一九九七年一月二十五日

莫扎特与我

这些年来我常常听莫扎特。但是这里所要谈的并不是他,而是我自己——因为我自忖没有谈论莫扎特的本事,无论是对他的生平,还是对他的音乐,我的所知都不超过普通欣赏者的水平,或者竟是更在其下。我又一向缺乏音乐方面的系统教育,即以所知而言也未必就确当。实话说,不过是凭兴趣听过一些曲子,留下一点片面肤浅的印象而已。卡尔·巴特说:"如果谁对莫扎特仅一知半解就试图去讨论他,谁就很容易停留在仅仅用一些溢美之词去赞美他的阶段。"这话本来是警告咱们的专家或者自以为是专家的,我虽然两者皆不是,也该引以为戒才对。那么干吗还要谈呢。巴特的话使我想起苏东坡的《日喻》:"生而眇者不识日,问之有目者。或告之曰,日之状如铜盘。扣盘而得其声。他日闻钟,以为日也。或告之曰,日之光如烛。扪烛而得其形。他日揣籥,以为日也。"我们有眼睛的人总觉得这很可笑,但若真的替盲者体会,亦未始不是一种感受,甚至一种慰藉。我自认是这方面的盲者,但是莫扎特之于我,也正仿佛是太阳那么一个意思。

很多年来,我把莫扎特看成是光明。在所有艺术家当中,我觉得他与我最有关系,虽然说实话我们之间的距离却是最远的。我平时为文或行事大抵几近中庸,但若论喜好却是在这世界上处于两极的东西,我自己是在其中的一极上,而莫扎特是在遥遥相对的另一极,我以他为光明,是因为我的思想其实是很黑暗的。(这更多地体现在我的长诗《如逝如歌》里)我可以说是置身在莫扎特的音乐之外。要说与我最接近的还是另外一类音乐家,比如我一向很喜欢听的肖斯塔科维奇,他的音乐里有那么多的苦难,应该发生的,不应该发生的,反正是经历过,经历着,而且还将不可避免地要经历,这不是说的某一个人,而是整个人类——我觉得他是一种黑暗的光,我希望有一天也能够好好表现出来自己也是这样。这还可以引一位画家的作品来做说明,那就是去年我在巴黎皮埃尔·苏拉吉的画展上看到的他那些纯粹用黑色画的画。从来没有一个人的画像苏拉吉那样让我有这样明确的"这就是我"的感觉,所以第一眼看到忽然觉得心里很乱。我想我就是这样的。比起我的一些希望通过散文宣传人类大同的朋友来，我可能更接近于后现代派，就像一个人半夜醒来，看着身边的人正睡得甜美，虽然不忍心唤醒他们，甚至觉得应该加以爱护，但是自己是无论如何再也睡不着了。也正是因为如此，我才真心向往莫扎特——我不说喜欢，我是说向往，这换一个词来形容，也可以说是需要。莫扎特有我所没有的光明，也有我所没有的幸福感，但是他是那么真实，而且，从来也不简单。他也不是麻木，不是不知道或者否认世界上有苦难，他是包容了这些苦难，把它们与幸福一起放到一个更大的秩序里，他这个人一生也没有放弃对幸福的感受。就连最后的《安魂曲》，那么苦难的内容，也时时有着一个充满秩序的背景，我每一次听都感到对莫扎特才可以说"高山仰止，景行行止"。所有这些，都是我没有的，莫扎特让我看见了世界另外的一极，他才真正告诉我还有光明与幸福存在，所以多少年来我需要经常倾听他。这也就是我要说的"莫扎特与我"名目下的那个关系。

当我们看苏拉吉那些完全是黑色的画时，我们看到上面的反光，黑色反而成为背景。这里有一种相反相成又相辅相成的东西，这样两个内容共同构成了完整的苏拉吉。没有比他更需要光的画家了，也没有谁的画比他更让我们感受到光亮的强度。多少年来我反复地听莫扎特，虽然我的感受和我在这里所说的都是最平庸不过的，但是我仍然认为这至少对我是有意义的，因为这也是一种反光。莫扎特的光明在某种意义上也就为我所有。这提供了一种可能性：通过赞美莫扎特，我获得了一个完整的我。我以我的全部人生与思想作为这一赞美的背景。

一九九七年七月二日

辑三

就文论文谈胡适

胡适至少是一本书的题目,而这样一本书不是区区如我有学识和才力能写出来的。但我还是想谈一谈,因为这些年来胡适的文章、书信和日记我也认认真真地读了有好几百万字。那么就把范围缩小一点儿,就文论文。可是这也有困难:对于胡适来说,斯人已矣,他的是非功过都留在文章里,怎么可能抓住一点而不及其余呢。何况有些事情,其实是在边缘上,说是属于文章也行,说不仅仅属于文章也行。这正可以举胡适的一个例子,见《评论近人考据〈老子〉年代的方法》:

"我已说过,我不反对把《老子》移后,也不反对其他怀疑《老子》之说。但我总觉得这些怀疑的学者都不曾举出充分的证据。我这篇文字只是讨论他们的证据的价值,并且评论他们的方法的危险性。中古基督教会的神学者，每立一论，必须另请一人提出驳论，要使所立之论因反驳而更完备。这个反驳的人就叫做'魔的辩护士'（Advocatus diaboli）。我今天的责任就是要给我所敬爱的几个学者做一个'魔的辩护士'。魔高一尺，希望道高一丈。我攻击他们的方法，是希望他们的方法更精密；我批评他们的证据，是希望他们提出更有力的证据来。

"至于我自己对于《老子》年代问题的主张，我今天不能细说了。我只能说：我至今还不曾寻得老子这个人或《老子》这部书有必须移到战国或战国后期的充分证据。在寻得这种证据之前，我们只能延长侦查的时期，展缓判决的日子。

"怀疑的态度是值得提倡的。但在证据不充分时肯展缓判断（Suspension of judgement）的气度是更值得提倡的。"

这里要说一句题外话，我自己其实也是一个"《老子》移后派"，但是我还是很喜欢他这一番话；而且我觉得，胡适之为胡适，差不多都体现在这番话里了。以我粗浅的体会，至少有三样儿一般人不能及他的地方：第一是在方法论上的贡献，第二是文章中表现的做人和作文两方面的态度,第三是文字本身所有的美。昨天我走在路上,忽然想起胡适文章的好处,如果非要我来概括,那也只有说他"讲理"。我说的这个讲理既在文章之前,又在文章之中,对于胡适来说,似乎是整个儿的。说到文章,因为讲理,就要有依据,就要有逻辑,就要有分寸,就要有他所说的"气度"。好像胡适文章的魅力都是打这儿来的。当然这种魅力是要细细体会出来,而且不一定为时人所看重,然而实际上真达到这点并不容易。这样写出来的文章有可能波澜不兴,于读者在智慧和情感方面都少一些撩拨,但是也就避免了前人所说的"英气",也就是这些年来大家(包括我在内)文章中时常见到的法家气。这用孟子的话说就是:"予岂好辩哉,予不得已也。"关于胡适,我们正可以从与此完全相反的方向去理解,至少在一篇文章中,他总是始终如一、一丝不苟地在那里讲理,所以就没有什么"不得已",也就不"好辩"。而"辩"总是有没理搅理之嫌。胡适则几乎没有什么需要不讲理的,现在看来或许这才是大智慧。我很佩服他因此而有的那种从容,同时这也是我读他的文章每每感到亲切的地方。而且好像他全部的乐趣都在于讲理,他的文章我最喜欢的是几篇古代小说的考证,那可以说是一系列有关智能(也就是讲理）历程的详尽记录。

除了个别情况（如《四十自述》《南游杂忆》等）外，胡适并不是一般意义上的散文家，文章对他来说仅仅在于表达。他关于文章的观念其实是很质朴的，曾在《什么是文学——答钱玄同》中说："文学有三个要件：第一要明白清楚，第二要有力能动人，第三要美。"而他所说的"美"也并不玄虚："美就是'懂得性'（明白）与'逼人性'（有力）二者加起来自然发生的结果。"一来他的"明白清楚""有力动人"与前述讲理是相为表里的，二来他在遣词造句上极具功力，因为能把握住这样两方面，他下笔也就能放得开，反倒有一般文章难得的自由。这也可以举一个例子，是他自己在给梁漱溟的一封信中关于《读梁漱溟先生的〈东西文化及其哲学〉》说的：

"适每谓吾国散文中最缺乏诙谐风味，而最多板板面孔说规矩话。因此，适作文往往喜欢在极庄重的题目上说一两句滑稽话，有时不觉流为轻薄，有时流为刻薄。……如此文中，'宋学是从中古宗教里滚出来的'一个'滚'字，在我则为行文时之偶然玩意不恭，而在先生，必视为轻薄矣。又如文中两次用'化外'，此在我不过是随手拈来的一个Pun，未尝不可涉笔成趣，而在'认真'如先生者,或竟以为有意刻薄矣。轻薄与刻薄固非雅度,然凡事太认真亦非汪汪雅度也。"

我觉得新文学诸位大家于文章之道无不具有叛徒的风骨,胡适亦不例外,所以他能超越于"规矩""庄重"与"认真"之上。换句话说,因为他是守定"认真"于讲理,所以才能放手"玩世"于文章。当然这里他说的是客气话,可是也就道出他文章的特色之一。我说他的文章往往只是表达,可是实在又表达得好,对于文章来说这也就够了。记得谷林尝说读胡适文章"于沉思默想之余,恍若优游乎清荫流泉之间",我是素来服膺此老见识的,这里简直想要冒昧地说一句"英雄所见略同"了。

一九九八年十月一日

关于钱玄同

我们应该有一部《钱玄同全集》。这将大有裨益于我们的思想史研究和学术史研究，而且对今后这两方面的发展也能有所帮助。就我个人而言，其实还有一点自私的理由：我真的很想读，这样则可以方便许多。讲到我对钱氏的兴趣，除了上面说的，还在于其文章本身，我觉得在二十世纪中国散文史上无论如何也是自成一家的。遗憾的是这些文章从来不曾收集过。我自打生了一个喜欢的念头，就没少花工夫翻找当年的报刊，虽然遗漏甚多，可是说几句闲话总是可以的了。

一言以蔽之，钱玄同的思想是"激烈"，他的文章则是"率真"。而这两者都有个底子，或者说是有所依靠，即作者原来是一位功底深厚、创见卓越的学问大家。晚年时他在《我对于周豫才君之追忆与略评》中总结说：

"我所做的事是关于国语与国音的,我所研究的学问是'经学'与'小学',我反对的是遗老,遗少,旧戏,读经,新旧各种'八股',他们所谓'正体字',辫子,小脚,……二十年来如一日,即今后亦可预先断定,还是如此。"

这里不谈钱玄同在思想革命上的功绩,只指出一点,就是他谈论的思想方面的话题几乎都是在他的学术研究里生了根的。而他写起文章一向是想说什么就说什么,想怎么说就怎么说,甚至阵前叫骂(如有名的"选学妖孽""桐城谬种")也无不可,但是我们读来却从来不觉得粗鄙浅陋,反而别有韵味,这是很奇怪的事情。这也正是新文学运动开始前后那一代作家所特别有的本事,后来的效颦者怎么也学不像,乃至一学就成为恶札了。钱玄同说:"老老实实讲话,最佳。"(《论应用之文亟宜改良》)此语原本不是随便说的,换个人"老老实实讲话"试试看,大概就未必"最佳"。这使我想起曹丕在《典论·论文》里所说"文以气为主",似乎过于玄虚,但也许正可以用来说明钱玄同一派文章,盖学问成就即是他文章(思想亦然)里的"气"也。一来因此看得透,二来落笔放得开,他很有那份自信。这不是后来所谓"学者"那种摆架子,那还是被拘束了；对钱玄同来说正相反，他表现出来的是一种无拘无束的自由感，我想这正是从其学问成就升华来的。所以我们先得说他学问做到家了，然后再说他文章做到家了。不妨从钱氏《国语罗马字》一文里引一节为例：

"古代的野蛮人，因为知识蒙昧的缘故，不会分析音素，制造音标，只好要说太阳，就画太阳；要说乌龟，就画乌龟；要说'歇脚'，就画一个人靠在树底下（休字）；要说'下山'，就画两只脚向下，而旁边再画一座山（降字）；要说'看见'，就在身体之上画一只大眼睛（见字）；要说'救人'，就画一个人掉在坑里，两只手拉他出来（丞字，即拯）；这就是所谓'象形''指事''会意'之类。这种文字，不但难写，也造不多，而且给事物的形状束缚了，既不便于移作别用，又不易于改变一部分，只合给野蛮时代的独夫民贼们下上谕，出告示而已。到了社会上有了学术思想，著书立说者逐渐加多，这种野蛮的文字早就不能适用了，所以有所谓'形声''转注''假借'种种的方法，把事物的图画渐渐变成声音的符号。既然把文字看做声音的符号，自然'乌龟'的符号用不着像乌龟，'看见'的符号也无须有很明白的一只大眼睛；质而言之，便是字形没有表示意义的必要而有表示声音的必要,没有求像的必要而有求简的必要。由写本字到了写假借字,是弃义主音的证据;由写古文到了写草书,是舍像趋简的证据。"

这么一个枯燥而又严重的话题,被他说得如此清晰透彻,活灵活现,真是举重若轻的功夫。当然文章对于钱玄同来说始终只是第二义的,他毕生都在思考,发现,至于写不写在纸上在他本无所谓。他是有名的"述而不作"的人物,胡适尝批评是"议论多而成功少",他自己则更正为:"岂但少也,简直是议论多而成功无。"他的不写文章与写文章其实有一点是相通的。以"述而不作"而"作",则一方面是不能不"作",要说得真有分量;一方面并没有把"作"当成多么隆重的行为,只是"老老实实讲话"。"气"如果有这个东西,就不是装出来的;摆架子或作态者不是被学问之事吓唬住了,就是被文章之事吓唬住了。相比之下,最可望而不可即的是那份底蕴,那份态度。这才叫作"文如其人"。钱玄同激烈,率真,我还想说他潇洒,亲切。现在大家都讲文章是本色的好,其实本色的文章最难,难不在文章本身,难在写文章的那个人。

一九九八年十月八日

关于刘半农

《半农杂文》两集几年间整整读过三遍了，我实在是觉得他写得有意思。关于他的文章也看过一些，但是所论似乎都不超出他去世前不久在《半农杂文·自序》中说的：

"我以为文章是代表语言的，语言是代表个人的思想感情的，所以要做文章，就该赤裸裸的把个人的思想感情传达出来：我是怎样一个人，在文章里就还他是怎样一个人，所谓'以手写口'，所谓'心手相应'，实在是做文章的第一个条件。"

一般只是讲他"文如其人"，简而言之也就是一个"真"字。不过我倒以为单单是真其实并不具有审美价值，文如其人也只是一句没有讲完的话。"真"必须具备两方面才行：什么样的真，这个真怎么把它表现出来；可以说一是"真的好"，一是"好的真"罢。刘半农在自序中谈及所谓"不可懂的文章"时说:"譬如你有一颗明珠,紧紧握在手中,不给人看,你这个关子是卖得有意思的;若所握只是颗砂粒,甚而至于是个干屎橛,也'像煞有介事'的紧握着,闹得满头大汗,岂非笑话!"

这段话最可以让我们理解"真"的问题,以及刘半农自己的真——说实话这比之为明珠大概也不为过。他还写过《应用文及其作法》一文,其中说:"做应用文最好记牢'情信,词巧'四个字。"

这也正是我们这里所讨论的。他说:"情信,就是话要老老实实的说:记载事实要力求真确,不可文胜于质;表示意见要合乎人情世事,不可随便乱说,不可强词夺理;发抒情感要适合于本身之所宜,不可矫揉造作,不可无病而呻。"

因此"我是怎样一个人,在文章里就还他是怎样一个人"也并非随随便便的事儿;对刘半农来说,自我是经过理性或者说文明的洗礼的,是有着很深的修养在里面的。这才由着他表现真性情,"阔大""朴实""爽快""隽趣",都由着他。"词巧"则涉及表现的问题,他用"明,达,切,当"四个字来解释:"明,是说条理要明白","是说层次要明白","是说话句要明白";"达,就是传达，是要把自己要说的话，无论如何曲折隐微，都能一丝不苟的传达出来"；"切，就是切合，就是所说的话，处处要紧切着所要说的东西，不要离开了它放野箭"；"当，就是应当，应当说的话要尽量的说，不应当说的话要尽量的删"。看起来他是想怎么写就怎么写，其实怎么写在他是一点也不马虎的。

以上两方面的意见说来都很平常，似乎人人皆知，但是非常结实，而真正做到其实是很难的。《半农杂文·自序》中总结自己文章风格所说的"流利""滑稽""驾驭得住文字""举重若轻""聪明"等，把这两方面都包括了。刘半农真在他的文章中很好地表现了出来。记得周作人在《志摩纪念》中说过：

"据我个人的愚见，中国散文中现有几派，适之仲甫一派的文章清新明白，长于说理讲学，好像西瓜之有口皆甜，平伯废名一派涩如青果，志摩可以与冰心女士归在一派，仿佛是鸭儿梨的样子，流丽轻脆……"

我觉得刘半农也可以归在这第一派里，而且是为翘楚。这一派文章乃是从胡适所说的"有什么话说什么话，话怎么说就怎么写"出发的，前述刘氏之《应用文及其作法》该算是其理论上最好的总结了。从前他还写过《应用文之教授》，一再特别标明"应用文"，这很值得注意。刘半农说，应用文就是"适应实用的文章"，正代表着这一派散文的特色。适应实用，然而他们写的是很好的文章。以刘半农为例，他最具代表性的作品如《奉答王敬轩先生》《作揖主义》《悼"快绝一世の徐树铮将军"》《老实说了吧》《北旧》和《南无阿弥陀佛戴传贤》等，就题材而言都是时文一类，但因为是"真的好"，又是"好的真"，所以就有永久的生命力。读刘半农的文章，总是一方面觉得其中体现出来的刘半农真是面目鲜明，另一方面又觉得他是多么好的一个人，活得有分量，诚恳，而且热闹。钱玄同当时在悼念他的文章中说：

"我那时得了这个噩耗，不禁怔住了，心想怎么生龙活虎般的半农竟会死了呢？"

现在读刘半农的遗作，我也能感觉到遽然失去他中国散文的寂寞。写到这儿我忽然想起来，刘半农所属的那一派散文，一篇两篇如今可能还见得着，但作为散文的一派怎么就没了呢。或许"好的真"还可以从文章中学到，而"真的好"就不可学；没有这样的人了，所以也就没有这样的文了罢。

一九九五年九月六日

关于"周氏兄弟"

"周氏兄弟"已经成了一个专有名词,特指周树人(鲁迅)与周作人。说来天下姓周的兄弟该有不少,难得用上这个称呼;绍兴这家兄弟不止两位,别人也无法阑入。这么说仿佛不大讲理,但是的确如此。"周氏兄弟"的说法,最早还是由他们自己提出。一九〇九年三月《域外小说集》第一集出版,即署名"会稽周氏兄弟 译"。当然这多半只是陈述事实而已。不过序言称:"异域文术新宗,自此始入华土。"可以认为是这本书的特色所在,亦未始不可看作译者的一种姿态。后来他们对中国文化的独特贡献,至少有一方面是在这里。

代表"文术新宗"的周氏兄弟未免登场太早,"华土"一时不能消受;他们之引起普遍注目,还要等上八九年以后。届时二人皆已在文化中心北京;蔡元培出掌北大，陈独秀主编《新青年》，为他们提供了充分的舞台。似乎"周氏兄弟"一说很快就在一个圈子里流行了。一九一八年三月十五日《新青年》四卷三号发表刘半农《除夕》一诗，有云：

> 主人周氏兄弟，与我谈天，
> 欲招缪撒，欲造"蒲鞭"，
> 说今年已尽，这等事，待来年。

刘氏自注："(一)缪撒，拉丁文作"Musa"，希腊'九艺女神之一'，掌文艺美术者也。(二)'蒲鞭'一栏，日本杂志中有之，盖与'介绍新刊'对待，用消极法督促编译界之进步者。余与周氏兄弟（豫才，启明）均有在《新青年》增设此栏之意，惟一时恐有窒碍，未易实行耳。"钱玄同是周氏兄弟特别是鲁迅投身新文学运动的有力促进者，多年之后说："我认为周氏兄弟的思想，是国内数一数二的，所以竭力怂恿他们给《新青年》写文章。"（《我对于周豫才君之追忆与略评》）胡适一九二二年八月十一日日记也写道："周氏兄弟最可爱，他们的天才都很高。豫才兼有鉴赏力与创造力，而启明的鉴赏力虽佳，创作较少。"

这些人不约而同地谈到"周氏兄弟"，显然首先是将他们看作一个整体；这里"周氏兄弟"这一概念，涵盖了二人在思想、才具和文学活动上的某些共性。虽然他们实际上各有所长，鲁迅之于小说创作，周作人之于文学翻译、文学理论、新诗创作和散文创作，分别代表当时的最高水平。但是这都可以看作"周氏兄弟"这一整体所取得的成就。而且二人的文学活动一时原本不能截然分开，周作人那"中国新诗的第一首杰作"的《小河》，曾经鲁迅修改；鲁迅为《域外小说集》新版作序，署名周作人；周作人的几篇杂感，后来也收入鲁迅的集子《热风》。

"周氏兄弟"作为一个文化概念，几乎与整个二十世纪二十年代相始终。其实二人间的亲情，在一九二三年七月即告断绝，世上从此已无周氏兄弟。然而恰恰是在其后一段时期，"周氏兄弟"被他们的同志，尤其是被论战的对手一再相提并论，如陈源说："先生兄弟两位捏造的事实、传布的'流言'，本来已经说不胜说，多一个少一个也不打紧，……"（《闲话的闲话之闲话引出来的几封信·西滢致岂明》）后来冯乃超攻击鲁迅，也说："无聊赖地跟他弟弟说几句人道主义的美丽的说话。"（《艺术与社会生活》）从而赋予了"周氏兄弟"以超越于实际意义之上的文化意义。"周氏兄弟"已经成为二十世纪中国思想史和文学史上最重要的文化现象之一。

在"周氏兄弟"成为一个纯粹的文化概念的过程中，一本二人均积极参与的杂志《语丝》起了重要作用。《语丝》前一百五十六期，周作人事实上负全责，而鲁迅为主要撰稿人之一；杂志在北京被禁，移至上海再办，由鲁迅主持，周作人发表文章仍然不少。他们在各自开垦自己的园地（鲁迅是《野草》，周作人是《茶话》等）的同时，经常共同出击，或彼此呼应。及至鲁迅编完《语丝》第四卷后，交卸编辑职务，情况发生了重大变化。从此二人很少在同一场合发言，"周氏兄弟"失去了共同语境。

另一方面，他们的立场和态度也有所变化。鲁迅"进"到社会批判，周作人"退"为文化批判。然而鲁迅的社会批判有文化批判做底子，周作人的文化批判也不无社会批判的象征意义。三十年代，二人已经分属左翼与自由主义这样不同的文化阵营，时而互相不点名地以笔墨相讥。在当时人们的论说中他们很少再被一并提起，作为文化现象和文化概念的"周氏兄弟"其实已经不复存在。虽然对一般受众来说，感受恐怕还要滞后一点。张中行有番回忆："……于是转而看所谓新文学著作，自然放不过周氏兄弟。一位长枪短剑，一位细雨和风，我都喜欢。"（《再谈苦雨斋》）正是一个好例子。

然而天下事不可一概而论，二人之间亦未必处处针锋相对。周作人为左翼批评家所批评的《五十自寿诗》，鲁迅在私人通信（一九三四年）中曾予以辩护；周作人则至少有两次在公开场合谈及鲁迅，一为《中国新文学的源流》（一九三二年），一为《闲话日本文学》（一九三四年），均无恶意。鲁迅一九三六年去世，在某种意义上改变了断绝多年的兄弟关系。周作人写了《关于鲁迅》和《关于鲁迅之二》以为纪念。此后他在文章中不时提到"先兄豫才"（《记太炎先生学梵文事》，一九三六年）或"家树人"（《玄同纪念》，一九三九年）。在《苦口甘口》（一九四三年）和《两个鬼的文章》（一九四五年）中谈及五四先驱，一次说"胡陈鲁刘诸公"，一次说"陈独秀钱玄同鲁迅诸人"。而他之记述鲁迅前期生活和揭示鲁迅作品原型，亦始于《关于范爱农》（一九三八年）和《关于阿Q》（一九三九年），后来则分别有《鲁迅的故家》（一九五三年）和《鲁迅小说里的人物》（一九五四年）两本书面世。这是一点题外话了。

八十年代以后，周作人著作重行出版，鲁迅著作则长盛不衰，"周氏兄弟"逐渐又被论家和读者提起。现在使用这一文化概念，实际上既不同于五四前后，又不同于二十年代；并不单单针对他们的某一时期，亦不限于散文创作，而是首先作为一个整体对二人全部文学和思想上的建树加以把握，在此前提下再来考虑具体的异同。曹聚仁也讲过类似的意思："周氏兄弟，在若干方面，其相同之点，还比相异性显著得多。"（《文坛五十年》）"周氏兄弟"一语至少有三个意义：一，他们取得二十世纪中国文学的最高成就，代表二十世纪中国文学的主要方向；二，他们坚持对中国传统文化的批判态度；三，他们拥有世界文明的广阔视野。"周氏兄弟"在某种程度上甚至可以作为二十世纪中国文学的代名词。历史上有过"曹氏父子""建安七子""竹林七贤""李杜""元白""唐宋八大家""前后七子""公安派""竟陵派"等等说法；作为某一文学巅峰时代最主要的代表，大约只有"李杜"与之具有同等分量。我不知道新版《辞海》有无"周氏兄弟"的条目，如果没有，恐怕应该添上罢。

二〇〇〇年八月一日

关于徐志摩

徐志摩罹难后,报刊上登出不少悼念文章。大家更多谈论的不是他的作品,而是这个人。或许认定作品价值自在,必当传诸后世;希望保留一点音容笑貌,这是后人领略不了的。当然也不无辩解之意,盖徐氏生前,在情感生活等方面所受非难甚多。例如叶公超在《新月拾旧·忆徐志摩二三事》中说:"我曾经与鲁迅见过一次面,吃了一次饭,鲁迅就骂徐志摩是'流氓',不谈文学。"多年以后,沈从文为商务印书馆香港分馆出版的《徐志摩文集》作序,依然强调:"我要说的是他的为人。"目的还是"以正视听"。不过毕竟人以文传,不违古往今来一切作家的例。从徐志摩的诗文中,我们所获得的关于作者的印象,其实正与多数前辈所说相合,难得有这么一个真挚、热烈的性情中人。当然有时候性情好到忘乎所以了,譬如他说"我不仅会听有音的乐，我也会听无音的乐（其实也有音就是你听不见）。我直认我是一个甘脆的 Mystic"和"你听不着就该怨你自己的耳轮太笨，或是皮粗"（《死尸前记》），旁人予以打击也在所难免。故鲁迅在《"音乐"？》中大加嘲讽，刘半农也写了《徐志摩先生的耳朵》，挖苦得更厉害。我们体会这是诗人气质使然也就是了，问题只在他要表现给公众看。诗人的可爱之处往往就是可笑之处，反之亦然。鲁迅和刘半农也是诗人，但他们"行乎当行，止乎当止"。

徐志摩这个人作为话题，时至今日仍被人们津津乐道。受众的兴趣没必要也不可能强行划一，但是对构成受众之一部分的读者来说，真正有意义的毕竟是作品。斯人已矣，我们不如看他的书罢。

据我所知，徐志摩至少给予中国新诗的作者与读者两次十分重要的影响。第一次是在他生前，依废名《谈新诗》之见，影响未必是正面的，鲁迅也曾讲"我更不喜欢徐志摩那样的诗"（《集外集·序言》）；但是这并不说明就不重要。第二次是在二十多年前，有部《徐志摩诗集》面世，让大家耳目一新；徐氏诗作，路数原本较窄，这回竟然起到一个开阔视野的作用。当时无论年轻的朦胧诗人,还是回归诗坛的中老年作者,局面都还明显有所限制,谁也不敢(或者是根本没想到)像他这么真切地描述一己之情感,而且以美为终极目的。有句流行的话,叫"抒情诗中必须有我",大概读了徐志摩的诗,这句话才落到实处。前面说耳目一新,其实不如说恍然大悟,更为恰当。经过这番催动,至少不必非得像以往那样虚张声势与一本正经了。当时此后,诗人们提到徐志摩,好像并没有多少好话,甚至有些不屑似的;然而若没有徐志摩(以及戴望舒、何其芳等)被重新发现,中国新诗只怕是发展不到今天的地步。他们的这个贡献(虽然与其本人并无关系)说得上是历史性的。

要想指出徐志摩诗作的缺点非常容易。已经说了,比较窄;另外也比较浅。好有一比是宋词中的柳永,而徐诗之流布广远,亦有如"凡有井水饮处,即能歌柳词"。诗人也曾尝试拓宽自己的路数,但是未见成功。《叫化活该》《庐山石工歌》,以及《秋虫》《西窗》,甚至远远不如《别拧我,疼》。有些被人念得太过顺嘴的作品,如《沙扬娜拉》,就像唐诗里的"床前明月光"和"更上一层楼",简直成了滥调。这也证明徐诗有魅力,虽然魅力并不等同于影响。魅力在真与美,都达到了极致。徐诗的缺点像它的魅力一样是明摆着的，缺点人们瞧不上眼，魅力人们学不到手。所以他的影响只在前述破除禁忌这一点上，几乎没有人傻瓜似的模仿他。徐志摩的"我"唤醒了各种各样的"我"，当然有比他深刻的，但是很遗憾却未必有比他更具魅力的。

徐志摩多方面的才能令人羡慕。所作小说集《轮盘》，有一两篇奇异的意识流作品。还有论文、翻译作品和剧作。他和陆小曼合作的《卞昆冈》，不知道是否上演过。几乎与诗并驾齐驱的是散文。徐志摩生前，已有人提出其散文成就在诗之上，不过他本人并不认同（叶公超《志摩的风趣》）；死后，又有人说"散文方面志摩的成就也并不小"（周作人《志摩纪念》）。以我个人的口味，不大喜欢这一路文章，嫌它太过铺陈夸饰，也就是"浓得化不开"，作者还是拿写诗的心思来写散文。但是不能不佩服他驾驭语言的高超能力。附带说一句，这种能力是为此前和此后大多数诗人所望尘莫及的。

二〇〇〇年五月四日

废名的散文

《药堂杂文·怀废名》说：

"废名的文艺的活动大抵可以分几个段落来说。甲是《努力周报》时代，其成绩可以《竹林的故事》为代表。乙是《语丝》时代，以《桥》为代表。丙是《骆驼草》时代，以《莫须有先生传》为代表。以上都是小说。丁是《人间世》时代，以《读'论语'》这一类文章为主。戊是《明珠》时代，所作都是短文。……在这一时期我觉得他的思想最是圆满，只可惜不曾更多所述著，这以后似乎更转入神秘不可解的一路去了。"

这番话概述废名的创作生涯最得要领。值得注意的是把废名的散文创作划为一个独立的时期，而大家往往对此都忽略了。当然废名著名之处乃在小说，可是如果谈论他只限定在小说范围，未免就有些顾此失彼。就其全部创作而言，散文正如这里所说是占着承先启后的位置。没有这批散文，先前写《桥》和《莫须有先生传》的文学家废名与后来写《阿赖耶识论》的哲学家废名就接不上榫子。无论在文学史上，还是在思想史上，他都是一个整体。周作人从前为废名"包写序文"，关于小说讲得很详明，最后这篇《怀废名》却把重点放在其散文上，这样也就周全了。

周氏论及《世界日报·明珠》所载废名之作，说"里面颇有些好意思好文章"，废名写散文虽然起手很早，但是我们也承认直到《人间世》和《明珠》时代才最纯熟，成为他的小说创作之外的一种独立存在。废名自己在《关于派别》中讨论散文与诗的区别时说：

"近人有以'隔'与'不隔'定诗之佳与不佳，此言论诗大约很有道理，若在散文恐不如此，散文之极致大约便是'隔'，这是一个自然的结果，学不到的，到此已不是一般文章的意义，人又乌从而有心去学乎？"

近来我觉得文章之道全在乎作者的态度，其实也就是废名讲的这番意思。即以废名自己的创作为例，此前他多写小说，他写小说有如写诗一样，是讲究意境的，这在《桥》最为登峰造极。意境一定是"不隔"，因为须得把物我的界限彻底打破，才能体会境界，感受诗意，作者乃置身于此境界之中。形容意境最好的话就是"天人合一"。他写散文则是讲道理的，当然只有置之度外才能讲得透彻。诗总是由"我"这一点扩大，而散文首先要把"我"放到"无我"的地步。废名的早期散文，多少还有点儿要表现"我"的味道，那篇《说梦》可以作为代表，如果拿来和《关于派别》等比较，区别就看出来了。这个关于散文之"隔"的话，用来说苦雨翁，或者说废名自己，都是最恰当不过的。

废名一向被列为"苦雨斋四弟子"之一。四弟子者，我们知道有俞平伯、废名和沈启无，另一位大概是江绍原。就中以散文名世的仅俞平伯一家，但是周俞风格迥异，俞氏写的主要还是抒情之作，也就是上述之"不隔"者，所以不大看得出传承。废名作品流传较广的多为小说。如此则师父与其几位学生，似乎只在精神上发生共鸣。我们读过废名散文，发现原来真传是在这里。虽然两氏一生投缘，但是到了废名的散文时代，他们在创作上才最为接近。之前废名写小说，周氏只居欣赏和支持的地位，之后则对他的哲学表示"神秘不可解"。讲到现代散文，绍兴周氏兄弟是为两大宗师，别人都可归在他们的谱系里，而知堂一派中废名最不容忽视。

比较起来，废名散文局面不及知堂之大，分量也没有知堂之重，但是他的特色亦自鲜明得很。后来他写《黄梅初级中学同学录序三篇》，有几句总括的话：

"从此自己能作文，识道理，中国圣人有孔子，中国文章有六朝以前……"

这可以说是属于他自家的路数，与周氏虽有重叠，同时也有区别。后者首先是思想家，然后才是文学家，他则是个很纯粹的文学家。不是说废名在思想上没有见地，《怀废名》中特别指出："这些话虽然说的太简单，但意思极正确，是经过好多经验思索而得的，里边有其颠扑不破的地方。"但这方面他更多得益于乃师教诲，其特别兴趣却是关乎文学创作若干问题。即便是读《论语》，也总好像存着一份文人之心。周氏概括自己几十年间的兴趣，说是由文学转向了文化与思想，于是他们也就各自有所侧重。这方面废名的独到之见甚多，尤其是对古典诗词的理解，每有他人所不能及之处。如果结合他的专著《谈新诗》一并来看，这个特点就更突出。可惜当年他别的讲义都亡失了。

周作人在《永日集·"燕知草"跋》里谈到理想的

白话散文时说,"必须有涩味与简单味"。最好的例子当然是他自己的文章,而宗他的一派亦莫不循此路径。至于废名散文,相比之下涩味的比重较多增加。这当然与其推崇六朝以前文章有关。此外周氏曾以明之竟陵形容废名,说的本是他的小说,他的散文多少也有这种倾向,恰巧林语堂曾将为师那位比作公安,这么一来此种区别就更加明了。但是这只是说文章中两种味的消长有些差异,彼此原本没有历史上两派间那种特定关系。勉强形容,知堂可谓"生而知之",废名可谓"学而知之",但是他兀自学得好。废名在《知堂先生》中讲周氏"作文向来不打稿子,一遍写起来了,看一看有错字没有,便不再看,算是完卷",我们读其文章,最突出的感觉正在自然二字。而废名则显然逐字逐句都经过一番推敲工夫。他对字面可能就更加用心,要在句式上造成一点曲折意味。此外周氏更多理性色彩,而废名受禅宗影响很大,思路往往有跳跃和闪现的地方,如同公案里的机锋,也是造成他的涩味的一个原因。

一九三五年周作人编《中国新文学大系·散文一集》,从废名的小说《桥》中选取六节,所写导言有云:"废名所作本来是小说,但是我看这可以当小品散文读,不，不但是可以，或者这样更觉得有意味亦未可知。"这一举措影响很大。其实该书内容限定在新文学运动开头十年，如前所述，此时废名散文尚属草创；另外这也是周氏对小说的一贯认识使然。然而没承想遂开了以废名小说顶替其散文的先例。后来虽然也出过他的"散文选集"，所选却多为小说。严格说来，废名散文迄今尚不曾专门收集过。结果作为散文家的废名及其杰作也就难得读者的重视，说来真是遗憾。

一九九九年七月二十五日

阿赖耶识论

最近有幸读到废名所著《阿赖耶识论》的手稿——虽然还仅仅是手稿而未印成书,但是废名不是可以埋没的人,这书也不是可以埋没的书,于是乎我也就放下一颗心了,说实话多少年来我一直以为这稿子已经遗失,我想那么废名的一生岂不是残缺了不成,我一直替他暗自惋惜。这下好了,至于经不经我手出版都没有关系,我倒乐得将来再当一回读者。关于废名,文学史家怎么估量是另一回事,或者干脆说真实如何是另一回事也可以,至少在他自己看来,写这《阿赖耶识论》是他最大的事业所在,所以说这是(也许仅仅是他自以为是)他的代表作也无不可。总之他多少年的思索是归结于此。知堂翁在《怀废名》里说他"这以后似乎更转入神秘不可解的一路去了",这便是那个结果。全书分为十章,一九四五年秋在湖北黄梅写完,又有一篇序,两年后写于北平,总共约有四万六千字。我写此文本想把它介绍一下子,或许顺便再批评几句,但是我觉得要说的话大概也就只有这么几句,倒不是卖关子,因为想起废名最后那本小说《莫须有先生坐飞机以后》的末了一章《莫须有先生动手著论》乃是专门讲怎么写这本书的(其实对整部《坐飞机以后》都可以这么看):

"民国三十一年春,熊(十力)翁从重庆寄来新出版的《新唯识论》语体本,莫须有先生读完了,乃大不以熊翁为然了。……莫须有先生乃忽然动了著书之念,同时便决定了所著书的名字,便是《阿赖耶识论》。即不着一字而此一部书已是完成的,因为道理在胸中已成熟了,是一个活的东西,是世界。然而要把它写在纸上,或非易事,莫须有先生乃真像一个宗教徒祈祷,希望他的著作顺利成功,那时自己便算是一个孝子了,对于佛教,也便是对于真理,尽了应尽的义务了。"

他在那里撮录该书要点,讲得很是清楚,大家可以参看,用不着我另费力气。我把这稿子读了一遍,又拿给丽华兄读(她是学哲学的),她说:"废名有一种过于执着而欠通脱的哲学态度。"我同意这个说法,觉得他是讲理而不大讲理，记得知堂翁对废名之论道"不能赞一词"，大概正与我们的意思相通。但是我从另一方面看出这书的好处，而且因此我对废名的整个认识都打成一片了，我算是真的明白他了。说来这几年间我悟得一个道理，叫作"史论皆文"，即是说我们要看好的散文，除了二周以降诸家之作外，还可以到二十至四十年代的文史方面的论著里去找，把这些合起来看，会发现我们的白话散文堂堂正正走的一条正路，而且结实得很。废名这书虽然是讲他的哲学，但是也是一部很好的文学作品。随便摘引一段就明白他写的是多么美的文章了：

"我们感受痛苦，我们有所造作，我们眼见色耳闻声，作此想作彼想，佛书上别为色受想行识五蕴，色受想行识可以承认有其事，不可以色受想行识而执着有我。以受为'我'受，作为'我'作，见为'我'见，晓得为'我'晓得，那是惯习使然，犹如我们站在溪上，看见水里的影子，以为有一个人影，不知这个影子的认识是惯习使然，惯习的势力甚大，故虽智者亦难免有此静影之见，然而汝非下愚不难知道流水里无此立着的人影也。"

方才我说不管别人看法如何；现在我又要说不管废名自己看法如何，反正我觉得这毕竟是他文学上的成就。

纵观废名整个的文学创作史,向来我们拿两本书做代表,一是《桥》,一是《莫须有先生传》,这正是废名之为废名的两个方面,乃是缺一不可,旗鼓相当,后来的评论家抑后者而扬前者,那是不能懂得废名。《桥》以前那些短篇,即《竹林的故事》《桃园》和《枣》里所收,大多是以情趣胜,这到《桥》是最为圆满。情趣的极致其实就是意境。《莫须有先生传》则另辟蹊径,我们不妨形容之为理趣,亦即禅宗所谓机锋,用现在的话说就是有美感的思想,这又包括两层意思,一是思想本身,一是对思想的表述,也可以说是诗化的思想和思想的诗化罢。废名后来发表在《世界日报·明珠》等报刊上的随笔我是最佩服的,说来其特色也在于此,而《阿赖耶识论》的特色也在于此,这里我们感到作者对他所阐释的思想时时有一种美学意义上的愉悦,他也总是以极大的愉悦来阐释——把这书加上,于是可知废名始终抱着的是个审美的态度,我们因此说他是禅家也行,说他是诗人也行。

至于后来废名又写《莫须有先生坐飞机以后》,好像情趣理趣都不讲了,他只是叙述事实,所以我说他是要一讲他如何写《阿赖耶识论》的,好比回过头来给它作一个长长的引子。说到这里忽然对《坐飞机以后》有个想法,或者说是孤证，就是向来都说这书没有写完，因为连载它的《文学杂志》中断而中断，我这回又重看它的结尾："以上都是讲道理，其实不应该讲道理，应该讲修行。莫须有先生尚是食肉兽，有何修行之可言，只是他从二十四年以来习静坐，从此他一天一天地懂得道理了。"所讲的"道理"即是《阿赖耶识论》，已经如他所愿完满地著出来了，他还有什么要说的呢，我看这书不完也是完了。

一九九八年九月二十四日

散文家浦江清

其实从一种看法来说,浦江清根本没有写过散文。他的著作一共出版过三本,两本是文史方面的论文集,一本是日记,没有一篇是通常见到的那种散文。但是不妨在这里申明另一种看法:咱们关于散文的概念未免也太偏狭了。文学散文应该是一个范围之内的文体,介乎散文诗与非文学的论文之间,依次(从最接近于诗的一端说起)包括抒情散文、叙事散文、随笔和具有文学色彩的论文即美文在内。浦江清的论文中就有许多属于美文。而我反思这些年来读散文的真正兴趣所在,越来越心向往之的还是这种美文,虽然很遗憾自己没有那个学问去写。废名在《莫须有先生坐飞机以后》里批评韩愈是只有腔调,没有材料,把美文堂堂正正看作散文最可以消除这种流弊。我自己一向谈论作文爱用"结实"这词,我最喜欢美文就在于它的结实，有内容，有分量，又兼具文章之美。所以从这样的想头出发，浦江清乃是我心目中最好的散文家之一，虽然现成的文学史或散文史上并不曾提到他；如果叫我来精选一本二十世纪中国散文选，《浦江清文录》以及《浦江清文史杂文集》中也当有篇章编入。当然这也不限于他一人，对顾颉刚、周叔迦、闻一多、李健吾等我都是这般看法。

美文是具有文学色彩的论文，这里面会有一个问题，就是关于文学色彩是什么看法。说浦江清写的乃是美文，正是在这方面有点儿困难，因为不像顾随、俞平伯那样一眼就能看得出来。他们是学者，又是文人，而且文人的分量更重些，浦江清则地地道道只是学者。看出他的文章的好不容易，看出好而要把好说出来就更不容易了。"文学"并不是明摆着的，只是对于学术的表达，但是文字功夫特别强，准确，精练，一字一句都恰到好处，没有哪一笔是最突出的，但少了哪一笔都不行，是一种整体的、匀称的好。这些于我们写文章似乎都是最基本的，而最基本的也就是最难的。不过要说这就是"具有文学色彩的"未免会叫人不大服气；我们细细体会，他的字里行间总有一种润泽。随便从《评陆侃如、冯沅君的"中国诗史"》

(收入《浦江清文史杂文集》)中抄一节看看:

"名为'诗史',何以叙述到词和曲呢?原来陆、冯两先生所用的这个'诗'字,显然不是个中国字,而是西洋 poetry这一个字的对译。我们中国有'诗''赋''词''曲'那些不同的玩意儿,而在西洋却囫囵地只有 poetry一个字;这个字实在很难译,说它是'韵文'罢,说'拜伦的韵文''雪莱的韵文',似乎不甚顺口,而且西洋诗倒有一半是无韵的,'韵',曾经被弥尔顿骂做野蛮时期的东西。没有法子,只能用'诗'或'诗歌'去译它。无意识地,我们便扩大了'诗'的概念。所以渗透了印度欧罗巴系思想的现代学者,就是讨论中国的文学,觉得非把'诗''赋''词''曲'一起都打通了,不很舒服。"

给我们的感觉不是一条、一条的,而是一团,一片,他的意思构成活生生的那么一种气氛;润泽不靠文字的添加而达到,我们不能不赞许他功夫深了。浦江清不是文人,但实在只有第一流的文人才能写得这样好。据施蛰存为《浦江清文史杂文集》写的序言中说,他曾批评浦氏"太懒于写文章,太勤于吹笛子、唱昆曲",浦氏回答:"写文章伤精神,吹笛子、唱昆曲,可以怡情养性。"读他的文章，觉得他于他的学问是入之以"伤精神"，而出之以"怡情养性"：一生正经写的文章不过十来篇，但看得出都是非写不可的；他治学严谨，对所写的东西太熟稔了，所以他才能随意处置，布局行文都有一种难得的从容。美文在一切文章中是最难的，因为"论"中运转的是理性，而"文学"就本质而言是感性的，美文可以说是一种审美地表现理性的文体，但是并非好比给理性穿一件文学的花衣裳那样，而是从根本上它们就是融为一体的。我想其间发生着联系的乃是"趣味"这两个字，也就是说，作者对于所研究的对象，对于他的观点与材料，发生了审美意义上的兴趣，这兴趣带动了作者的感性，他把理性的东西消化了。浦江清的文章正是好例子，他写，是因为他太有兴趣了，所以就由着他款款道来。比如《八仙考》（收入《浦江清文录》）中这一节：

"庐山金泉观造仙迹，以钟离授吕公天遁剑法于庐山。而在宋时，吕公自记遇钟离于华山。如何说法？宋时石刻所以说华山者，因欲依附陈抟得希夷妙旨故。后来说钟、吕之道出于东华帝君，不要陈抟了，因此也不必华山了。"

虽然他并不渲染这兴趣，一切都很克制，一切都潜伏在字里行间，但毕竟隐约有所流露，其实这也就是我们所说的润泽。此外他的文章中绝少有一己情感的抒发，他只是如一个学者那样说他的学术；他太不想在文章中表现自己了，但他的文章又太是他自己的了。

一九九五年十月一日

沧州前后集

我读文章口味多少有一点挑剔：一方面，没有分量的不爱读；另一方面，一本正经的也不爱读。文章一定要做得好，但只是一味做文章却不会好到哪儿去，也可以退一步想：记叙散文至少还有个事儿，随笔至少还有个说法，所以一向就不大看得上抒情散文，说穿了很可能是什么都没有。这也是我越来越爱读写得好的论文的缘故，因为那里面除文章之外还有实实在在的学问。这样的话与隔教的朋友自然就说不上；遇见真懂得文章的好的人，近来我最喜欢提到的是孙楷第的《沧州集》和《沧州后集》。

孙楷第是大学问家，他的学问我不配谈，但很想一谈他的文章。他在《再论"九歌"为汉歌词·答许雨新》中曾批评对方"不工为文，繁言碎词，枝节横生"，可见他是很重视"文"的。他文集中许多篇章于学问之外，我们还可以从文章的角度去细细欣赏。比如《关于"儿女英雄传"》中谈到版本的一节：

"此书出后，最初只有钞本。今所见者，以清光绪四年戊寅北京聚珍堂活字本为最早，无图，无评注。其次为清光绪六年庚辰聚珍堂活字本，无图，有董恂评注。又次为清光绪十四年戊子上海蜚英馆石印董评本，从庚辰本出，每回前附图一页两面，亮光的墨色儿，精致的图儿，可知好哩！这三个本子，都可算善本。董恂评此书在光绪六年庚辰，聚珍堂的戊寅本业已出版二年，但董所据的恐怕还是钞本。此外凡附董评的，多半从蜚英馆本出。如上海著易书局印本，正文和图的样子都和蜚英馆本差不多。可是有一件，就怕比较，若拿蜚英馆本一对，就知道差得远了。又有申报馆排印本，有扫叶山房排印本，皆无评，实是一本。扫叶山房本每回前多了缩印蜚英馆本的图。这两个本子都不好，错字很多。还有一个刻本，本文则复刻聚珍堂庚辰本，图则翻刻蜚英馆本，刀子划的横一道，竖一道，人物都分辨不出来。这本不值得说的，因为在《儿女英雄传》的版本上是一件趣闻，所以附带着当笑话儿说一说。总之，只有聚珍堂两个活字本和蜚英馆的石印本是好本子。其余的，若照安老爷的说话，都是'自郐而下无讥焉'的不地道货儿，所以'君子不取也'。"

我几番考虑这节文字也许嫌太长，但还是抄在这儿了，因为实在是写得漂亮。看他行文那么容易，却正是最不容易的地方。前引孙楷第批评许文的坏处，反过来说，就是孙文的好处。这里虽然内容很多，但是不枝不蔓，有条有理；讲得细致，甚至还使些闲笔，但是丝毫没有繁和碎的感觉。闲笔自有闲笔的用处，哪一处也是不能省下的。说到底还是有真货色，永远拿得出手，由得他好好地说，而且怎么说都行，他又着什么急呢。真让人觉得他是"如数家珍"——好像凡美文无一不给我这种感觉，我想这里面是有一个特别的态度。记得胡兰成在《今生今世》里讲张爱玲说他的论文这样体系严密，不如解散的好，"驱使万物如军队，原来不如让万物解甲归田，一路有欢笑"。读孙楷第的书我又想起这席话来，似乎可以拿来做个说明。他写的虽是规规矩矩的论文，其中若论态度却是随笔的，核心就是这"解散"二字。我自己又曾说随笔总是间离的文体，意思亦与此相当。这个态度主要体现在作者与他的学问（包括材料）的关系上。总之搞学术、写论文不板起一副面孔，也不端那个往往叫人生畏的架子。我们谈论文章常说"性灵",似乎这只是属于随笔的,其实有这个态度,写什么都有一份作者的真实性灵在,孙氏的论文正是一种性灵文字。而有学术做底子,又避免了一般闲适随笔的毛病,有大品的分量,小品的味道。说来这在学术与文章两方面都要求有真本事,但真的要是有这个本事,则一举而两得,而对于学术性是不会有丝毫降低的,孙楷第就是好例子。

但是光有这个态度也还不行,处处都得落实到文字上,这个恐怕只有更难,所以以上所说在很多人并做不到。而孙楷第这方面不仅是好功夫,他更有他的特色。他是专攻小说戏曲的,我觉得他写论文于笔触间颇受了些小说戏曲的影响——但是他自有一番扬弃,只得到那个好处,有股子别人所没有的活泛劲儿,而不受它的流弊,这里看出他化俗为雅的品位。孙氏为文风格畅达,清朗,脆生生的,叫我们想起作者乃沧州人士,所谓"燕赵多豪杰",竟于文笔间亦有所见识。从前谈过浦江清,他是松江人,拿他的滋润笔调和孙楷第一比较,真觉得孙文如风,是北方的爽快的风;而浦文则有点像南方的绵绵细雨了。"文如其人"这话一向只爱从社会道德意义上去理解,其实未免是浅薄了点儿。而论文于学问之外还能用上这句话，这些前辈真是不得了。

一九九六年二月十七日

再看张

从前我写过一篇《看张》,在那里我形容张爱玲是"冷冷的成熟",当时主要是针对浪漫主义那种受不了的假热乎讲的,就是现在我也认为我这看法不无是处。但这只是在一个维度上的"是",而张爱玲及其作品无疑都是多维度的,所以不免还有些话要说。最近重读一遍她的散文,字里行间我感到张爱玲原来是很温暖的——透过"冷冷的成熟",那是一种"泽及万世而不为仁"的温暖。比方《到底是上海人》里这样的话:

"谁都说上海人坏,可是坏得有分寸。上海人会奉承,会趋炎附势,会混水里摸鱼,然而,因为他们有处世艺术,他们演得不过火。"

过去我只由此看见她"透",现在我想她是透得有人情味。人性的所有弱点她都看在眼里,这是她的深刻之处；同时她知道人性的弱点如同优点一样有局限性，所以一切总归是能被谅解。她谅解正因为她深刻。张爱玲的确无情，但她是无情而至于有情。我们喜欢用"小奸小坏"来概括张爱玲笔下的人物，这句话也可以表述出她看待人的整个态度，真的是"奸"是"坏"，不过这些毕竟还是"小"的，这是世人可怜与不容易的地方。"坏得有分寸"，好像这是一种艺术，其实还是出乎不得已：他们在他们赖以生存的小小秩序里小心翼翼、委曲无奈，然而又有几分得意地活着。张爱玲常常被说成不脱俗，不脱市民气，然而她只是在原宥这俗、原宥这市民气而已；她理解人性的弱点，但绝不能说她就等于它们。她把根扎在最低处，从这里长高，高到俯视人类的悲哀，却并不高高在上，她与一切同在。宽容一般都是从认识层面上去把握，实际它更是一种感情，一种有节制的爱。张爱玲宽容人性的弱点，说到底她还是悲天悯人，还是爱人性的；她作品写到芸芸众生，嘲讽，刻薄，最后心还是软了，这都是基于她的这种深藏着的爱。说起来爱与张爱玲好像有点儿风马牛不相及，这是因为我们总是把爱看浅了，看局限了。明白有情之有情容易，明白无情之有情难；体会痛苦容易，体会怜悯难，所以我们就看不大出来。

但是如果仅仅如此,张爱玲也还不是张爱玲。她与一切同在,却并不同于一切。张爱玲能体谅天下人的情感,这种体谅就是她的情感;而她的情感不限于体谅。在她的作品中我们常常看见她也有所感动,甚至落泪,但是读的时候很容易就视而不见,因为她的感动与我们的不大一样,是被几乎完全不同的对象所感动。大家容易感动之处,比如儿女情长,乃至生老病死,她对此只是怜悯;她感动则在别人顾不上、达不到或不懂得(也许干脆说就是麻木罢)的地方。比如:

"坐在自行车后面的,十有八九是风姿楚楚的年轻女人,再不然就是儿童,可是前天我看见一个绿衣的邮差骑着车,载着一个小老太太,多半是他的母亲吧?此情此景,感人至深。"(《道路以目》)

"不知道人家看了《空城计》是否也像我似的只想掉眼泪。为老军们绝对信仰着的诸葛亮是古今中外罕见的一个完人。在这里,他已经将胡子忙白了。抛下卧龙冈的自在生涯出来干大事,为了'先帝爷'一点知己之恩的回报,便舍命忘身地替阿斗争天下,他也背地里觉得不值得么?锣鼓喧天中,略有点凄寂的况味。"(《洋人看京戏

及其他》)

"不论是'老夫'是'老身',是'孤王'是'哀家',他们具有同一种的宇宙观——多么天真纯洁的,光整的社会秩序:'文官执笔安天下,武将上马定乾坤!'思之令人泪落。"(《论写作》)

张爱玲是这样有着自己的一个独特的情感世界,这个世界并不离开我们日常生活的细枝末节,但是有所超越,朝向那广大而深邃的所在。胡兰成曾引用她的话:"我是个自私的人。我在小处是不自私的,但在大处是非常的自私。"她说的"自私"其实也就是情感投入。她不在"小处"感动而在"大处"感动,大处都是从小处发现出来。有这份胸襟,难怪她能同情,能谅解,能宽容一切。或许我们可以说在人的种种情感之上还有着一个人类情感,它根植于前者又包容前者;张爱玲是被历史、岁月、人类世世代代最根本的希望和无法逃避的命运所感动,这种感动无限沧桑。

一九九七年二月一日

反浪漫

关于张爱玲的话似乎也太多了——正因为如此,再多写一篇也无妨;如果真说到了点子上的话。而我看历来谈论她小说的文章,包括第一篇差不多也是最着力的一篇——迅雨即傅雷所作《论张爱玲的小说》,也多少有些"误读"。张爱玲为此专门写了反驳的《自己的文章》。现在重读张氏的小说,再三斟酌,觉得还是她说的更有理一些。迄今为止分析张爱玲小说最深入精确的文章倒是张爱玲自己写的。"当局者迷"好像是通例;但她这个人处处都是例外,这次也一样。

傅雷最喜欢张爱玲的《金锁记》,后来大家也都跟着这样说。但是张爱玲却说这是特别的一篇:"我的小说里,除了《金锁记》里的曹七巧,全是些不彻底的人物。"二十多年后她把《金锁记》改写成《怨女》,主人公银娣也成了"不彻底的人物",她把这个特别给去掉了。我以为比起《金锁记》来,《倾城之恋》更能体现张爱玲一点儿。傅雷批评这小说:"没有悲剧的严肃、崇高,和宿命性;光暗的对照也不强烈","情欲没有惊心动魄的表现"。其实这正是作者所追求的。我从前写过一句话:"张爱玲与鲁迅同是二十世纪中国最具现代意识的小说家。"这里不妨来解释一下,而这也正是我觉得傅雷看走了眼的地方。从根本上说,对于人生乃至社会、历史是有着两个完全相反方向上的认识;这个区别,即如张爱玲所说:

"我发现弄文学的人向来是注重人生飞扬的一面,而忽视人生安稳的一面。其实,后者正是前者的底子。"

我们可以说其一是浪漫的,其一则与此正相反。傅雷一言以蔽之是浪漫;而张爱玲(这一点上她继承了鲁迅)有个"一以贯之"的"道",就是"反浪漫"。"没有这底子,飞扬只能是浮沫。"所以"悲剧的严肃、崇高,和宿命性"等等都不过是浮沫而已。《倾城之恋》里根本就没有什么"恋",爱情在她看来也只是人生的一种华饰。她要的是最根本的也是最实在的东西,那就是小说中写的:

"在这动荡的世界里,钱财,地产,天长地久的一切,全不可靠了。靠得住的只有她腔子里的这口气,还有睡在她身边的这个人。"

如果在"张爱玲文学"里还有一个"张爱玲哲学"的话,最基本的表述也就是这几句。这从个人来说,是坚持活下去;从人与人之间来说,是相依为命。她的反浪漫的根子就扎在这儿。我们可以说她是悲观的,但却并不归于虚无。她曾说:

"'死生契阔,与子成说;执子之手,与子偕老'是一首悲哀的诗,然而它的人生态度又是何等肯定。"

她是从肯定人生本身出发而否定赋予人生的一切积极意义,包括所谓"浪漫"在内。如果说傅雷想着人生只是理想的牺牲,人生之上的东西才最重要;张爱玲则认为人生之上没有东西,理想总是华而不实,她把它从人生中剔除了去。去除了形而下里的形而上,才是真正的形而上。而在常态下人生并不能摆脱这些附赘,所以"倾城"在这小说中就是必须的——只有在生死的境地人生才能返璞归真。张爱玲笔下的人物最有作者自己影子的,大概就要数《倾城之恋》里的白流苏了。她的追求一开始就是那么现实,没有一丝浪漫色彩,而且到底不曾改变。她也是张爱玲笔下唯一一个有结局的人物。但这里还是反浪漫的：她同样不是英雄，她的目的的达到并非因为她的努力，而是因为"倾城"。"流苏并不觉得她在历史上的地位有什么微妙之点。"这个结局其实仍然没有给我们带来什么希望。

在文学里无论浪漫或者反浪漫都有两个意思：一是对人生等等的认识，一是如何把这种认识表现出来。认识与其表现从根本上说是有一致性的。这也就是张爱玲说的"壮烈""悲壮"与"苍凉"的区别，"刺激性"与"启发性"的区别。傅雷所喜欢的"强烈的光暗对照""惊心动魄的表现"等与浪漫精神实际上是在一个方向上，即便你拿这手法写反浪漫的内容，骨子里也还是有些浪漫的。我想张爱玲后来正是因为这个才把《金锁记》改写为《怨女》，所有激烈的东西都被抹平了，用的是她说过的"参差的对照的手法"。这才与反浪漫的意思真正协调起来。张爱玲最被大家留心的作品写在一九四三年至四五年之间，不到两年里她走了别人差不多一生走的路，这期间她有她的发展完善过程。一九四四年《传奇》出版，内收从《沉香屑：第一炉香》到《花凋》这十篇，关于这本书，张爱玲说人家喜欢《金锁记》和《倾城之恋》，她自己最喜欢的倒是《年青的时候》。谭正璧谈到《年青的时候》，说"比较地松弛"。"松弛"，从结构上说是趋于散，从意象上说是趋于简。两年后《传奇增订本》增加了《鸿鸾禧》等五篇，《年青的时候》这个特点都明显表现出来。我觉得张爱玲的"苍凉"和"参差的对照的手法"这以后才运用得最成熟，她才彻底说得上是反浪漫的。如果一定要举出她的代表作来，那大概要算写于这时的《红玫瑰与白玫瑰》了。而从这方面看，《倾城之恋》到底还是早期作品，它的结尾原本是无意义的，或者如作者所说"仍旧是庸俗"的，但小说整个的表现方面（传奇的结构、繁密的意象……）却赋予了它一种意义，读者总还是想要打这儿找出一点浪漫或希望来，所以就连夏志清都称这小说为喜剧。我想这是作者始料不及的。其实白流苏与范柳原终于缔结的婚姻不过就是后来《鸿鸾禧》里描写的没有一点幸福味道的"禧"，而他们夫妻之间的"情"也只是《留情》里刻画的无情罢了。

一九九六年二月二十六日

日本文学与我

说来我喜欢日本文学作品已有多年,平日与朋友聊天,却很少得到认同。读书各有口味,本来无须统一,但是这里或许有个读法问题。前些时我在一篇文章里说,日本的全部文学作品,其实都是随笔与俳句;进一步说,日本的随笔也是俳句。日本文学之所以成立,正在于对瞬间与细微之处近乎极致的感受体会。若是以框架布局等求之,则很难得其要领。这样的话当然没有什么理论依据,但是我的确由此读出一点好处,而这恰恰就是朋友瞧不上眼的地方。我觉得倒也有意思,不妨略微多说几句。但并不是要辩解什么,日本文学到底有没有好处,又何须乎我来辩解呢。所以不提好处,说是特点罢。所谓读法问题,即是因此而起的。

譬如小说,我们通常习惯的阅读,总是在情节这一层面进行的；而最具特色的日本小说，并不以情节为基础，却是在细节的层面展开。它们首先是细节的序列而不是情节的序列。我们读来，恐怕一方面觉得缺乏事件，另一方面又过分琐碎。另外我们阅读除想得到情节上的愉悦外，往往还希望有情感上的满足，日本小说虽然情感意味极重，却与我们所谓情感是两码事：它不是发生在情节之中，而是先于情节存在的，是作品的一种况味或基调。这些全寄托于细节，却又不强调细节的奇异，而是对本来很普通的东西予以独特地理解。人物之间，作家与读者之间对此的认同，又是彼此有所默契，有所意会，并不需要特别着之字面。我们读来，恐怕一方面觉得过分琐碎，另一方面又平淡乏味。所以虽然都顶着小说的名目，却不宜拿寻常看欧美小说的眼光去看它。

我这看法，或许日本作家自己就不同意。因为日本现代文学兴起，正是受了俄罗斯和欧洲文学很大影响；而成功的作家，也往往声明自己从日本以外得到师承。不用提早期的红、露、逍、鸥了，岛崎藤村、夏目漱石、芥川龙之介和谷崎润一郎等，都是如此；就连川端康成，也说过"可以把表现主义称作我们之父，把达达主义称作我们之母"。但是外来影响最终不过是引发他们对本国文化传统的某一方面加以继承和发扬而已。灵魂永远是日本自己的。一千年前紫式部的长篇小说《源氏物语》和清少纳言的随笔集《枕草子》，始终是奠定日本文学总的追求和方向的作品。而虽然前者算小说，后者算随笔，在我看来，它们的相同之处要远远大于相异之处。日本的小说读来有如随笔，而日本的随笔若与欧美的随笔比较，更像是胡乱写的，一般所谓章法脉络他们不大理会。总之，我们看作不得了的，日本人似乎很少顾及；我们轻易放过的，他们却细细加以体会。这里附带说一句，一般论家谈及日本文学，总喜欢贴上现成的标签，譬如说谁是浪漫主义，谁是现实主义，谁是自然主义，谁又是唯美主义，这多半因为日本作家自己也搞这一套，然而这些对他们来说，不过是借口或名义罢了，实质则根本不同。我们讲"主义"，都是以情节文本作为前提的；而日本文学是另外一种文本，这些标签之于他们，他们之于这些标签，总归不大对得上号。

一部小说的读法，可以有粗细之分。这里仍然不论高下，但是粗读读情节，细读读细节，大概是不错的。日本文学作品如若粗读，恐怕一无所获。因为它根本不重情节，也不重结构。日本现代最有名的几部长篇小说，如夏目的《明暗》，谷崎的《细雪》，严格说来都算不上长篇小说。读这样的书，不仅不能忽略，而且应该特别重视每一细部。日本小说的细节与别处内涵不同，分量不同，地位也不同。田山花袋的《棉被》，说得上是这方面极端的例子。整篇作品都可以看作对结尾处一个细节的铺垫。主人公时雄送走为他所深深爱恋的女弟子芳子，回到她曾经寄宿的房间：

"对面叠着芳子平常用的棉被——葱绿色藤蔓花纹的褥子和棉花絮得很厚、与褥子花纹相同的盖被。时雄把它抽出来，女人身上那令人依恋的油脂味和汗味，不知怎的，竟使时雄心跳起来。尽管棉被的天鹅绒被口特别脏，他还是把脸贴在那上面，尽情地闻着那令人依恋的女人味。"

本来是日常生活中最普通的东西，却被发现具有特别意味。最普通的东西也就变成了最不普通的东西。人物之间全部情感关系，都被浓缩在这一细节之中。这里也体现了日本文学中情感交流的基本方式，即往往并不直接发生在人物之间，而要借助一个中介物，出乎某种情感，人物对它产生特殊理解，使之成为投注对象，而它本身也具有了情感意义。在日本小说中，人物所做的，实际上就是从自己的人生阅历和情感背景出发，连续不断地对现实生活中瞬间与细微之处加以感受体会。

然而《棉被》到底是极端的例子。在这种物我交融之中，情感的表达未免过于强烈。更多的时候，则要更蕴藉，更深厚，也更耐人寻味。日本文学的特点，不仅在一个"细"字，还在一个"淡"字。但是这仅仅是就表现本身而言，若论底蕴则是很浓郁的。最有价值的作品并不针对社会，而是针对人生；并不仅仅针对人生为情节所规定的那一时刻，而是针对人生的全部。一方面，人与人之间充分的直接交流根本不可能进行，所表达的只是一点意思；另一方面，对于人生沉重而悲观的感受，几乎是先验的，命定的，不曾说出大家已经心照不宣。底蕴就是这种感受，细节是底蕴的表露，而表露往往只是暗示而已。夏目的《玻璃门内》虽然是随笔，但前面讲过，日本的小说与随笔并无根本区别，所以也可以举为例子。有个女子向作者讲述自己的痛苦经历，然后问他如果写成小说，会设计她死呢，还是让她继续活下去。这问题他难以回答，直到把她送出家门：

"当走到下一个拐角处时，她又说道：'承先生相送，我感到不胜荣幸。'我很认真地问她：'你真的感到不胜荣幸吗?'她简短清晰地答道:'是的。'我便说:'那你别去死,请活下去吧。'不过,我并不知道她是怎么理解我这句话的。"

这应该说是更典型的日本式的细节。心灵的极度敏感,情感的曲折变化,含蓄的表达方式,不尽的人生滋味,全都打成一片。人与人之间距离既非常远,又非常近。在夏目自己和岛崎、谷崎以及井伏鳟二等的小说中,我们常常见到类似写法。此外日本的"无赖派",如太宰治的作品,人生体验也是特别深厚的。

这种瞬间与细微之处的感受体会,除关乎人生况味,还涉及审美体验。可以说日本文学对世界最独特的贡献就在于审美体验的全面与细致。忽略了这一方面,恐怕世界文学多少有所欠缺。不过尽管如此,我还是觉得在审美方面显得特别突出的那些作品,如谷崎的《春琴抄》和《疯癫老人日记》,川端的《千只鹤》和《睡美人》,不仅是世界文学的异数,可能也是日本文学的异数,因为这一方面毕竟太突出了。谷崎、川端仿佛专门描写的东西,实际上也见于别的作家笔下,只不过糅杂于其他描写之中罢了。而日本文学的真正特点正是将人生况味与审美体验融为一体。话说回来,细细品味谷崎、川端的上述作品,其实也未必那么单一，只是一方面太精彩，将另一方面掩盖住了。他们写到审美体验，也就写到了人生况味，就像夏目等写到人生况味，也就写到了审美体验一样。在日本文学中，人生况味总是诉诸审美体验，而审美体验也总是体现了人生况味，《细雪》和《雪国》都是很好的例子。

日本文学的审美体验，所强调的是两个方面。第一，美只在瞬间与细微之处，稍纵即逝；第二，所有的美是感官之美，美是所有感官之美。这当然有赖于细节描写。如果忽略细节，日本文学就没有美可言。例如《雪国》的开头，"穿过县界长长的隧道，便是雪国。夜空下一片白茫茫"，就是对一瞬间视觉与心境上黑暗与光亮、狭隘与开阔之间强烈对比的细腻把握。日本文学不仅把我们通常看到的视觉与听觉之美写尽了，而且扩展为嗅觉、味觉和触觉之美，在所有感官审美方式的体验和表现上都达到极致。这是《源氏物语》以后日本文学的重要传统，而现代作家几乎无不有所继承。前引《棉被》的例子，就是写的嗅觉与触觉之美。棉被既是情感投注的中介物，也是审美体验的中介物，时雄所感受的，最终是芳子在嗅觉与触觉方面呈现的美。如果对此不能接受，对整个日本文学也就难以接受。作家永远期待着与之心灵相通的读者，期待读者能够对他的理解加以理解,对他的体会有所体会。这里作家与读者之间的关系有如小说中人物之间的关系。

审美对象的无限性与感官的开放性是相互依存的。很少只有某一感官单独启用,美最终是对所有感受的综合,或者说是通感。在椎名麟三的《深夜的酒宴》中,这一审美过程作为复杂的系统,其间发生了多种借代、递进、转换和扩展的关系:

"忽然发现加代坐在我的旁边。我看到这个加代一面露着一种妖艳的谜一般的微笑,一面直望着前面。也许是她听到了我的自言自语。我像直接地感到了她的肉体。她胖得简直要撑破白皙的皮肤,浑身滚圆,甚至连脚趾都油光可鉴。在她身上,大概没有一块皮肤松弛的地方吧。接着,突然我就像看着樱花盛开时那样,情绪变得郁闷而厌恶起来。于是,想起了从她房间里不断冒出的煮肉的味道,它笼罩了我的心。一下子我的情绪变坏了,想吐,就悄悄地站起身来。这时,我的视线移到她的膝盖周围。那膝盖别扭地弯曲着,粗大的腿像圆木似的装在肥胖的腰上。因此,她给我的印象就像蹲着似的,她的上半身要比其他的人高出一截。

"我从令人窒息的、狭窄的房间走到走廊上,深深地叹了一口气。我想,她的肉体充满着人间的梦想。"

情绪近乎戏剧性地变化之后,感官之美充盈了整个心灵。美穿越一切,美是终极,它不受人世间逻辑的限制,或者说,美本身就是一种逻辑。美是字面之外所有东西的真正联系。日本文学的美呈现于所有细节,而细节总是弥散的,作为感受体会的对象,细节在作品中并不孤立存在。无论审美体验,还是人生况味,日本文学往往是从别人笔墨所止步的地方起步,最终完全另开一番天地。

二〇〇〇年二月二十三日

美的极端体验者

我有一个偏见,阅读某一国度的作品时,总希望看到该国文学的特色,也就是说,那些别处看不到的,或具有原创性的东西。当然通过译文来阅读,这种特色已经丧失不少;但是无论如何也还能够保存下来一些。所以讲到日本文学,我对谷崎润一郎、川端康成等的兴趣,始终在大江健三郎辈之上,虽然不能说大江一点日本味没有,但是西方味到底太重了。这当然只是个人偏见,因为我也知道,每一民族的文学都在发展之中;谷崎也好,川端也好,一概属于过去的日本。说这话的证据之一,便是日本整个战后派文学都很西方化,就连三岛由纪夫的灵魂也是古希腊而非日本的。谷崎、川端等此时作为素负盛名的老作家,似乎是通过自己的创作来抗衡什么,然而随着他们的陆续辞世(谷崎在一九六五年,川端在一九七二年,其他老作家现在也多已作古），我们心目中的日本文学特色可能已经不复存在。二十世纪日本文学中，谷崎和川端也是现代派，都受到过西方文学的很大启发，但是他们更多是因此而发扬了日本文学的一部分传统，与战后派毕竟有所不同。如果不把所谓特色看得过于狭隘和固定，我觉得保留上述偏见倒也未尝不可，至少不应忽略存在于诸如谷崎与大江之间的明显差异。

在我看来，谷崎算得上是二十世纪最具日本文学特色的日本作家。不过他的作品也最容易被误解，也许除了《细雪》之外；而《细雪》未始不会受到另外一种误解。须得先进日本文学的门，才能再进谷崎文学的门。日本小说与一般小说出发点不同，过程不同，所要达到的目的也不同，不能沿袭对一般小说的看法去看日本小说。譬如审美体验，在日本文学中可能是唯一的、终极的，而别国文学则很少如此。在谷崎笔下，这一点表现得最为明显。《文身》《春琴抄》《钥匙》和《疯癫老人日记》等，很容易被仅仅断定为施虐狂和受虐狂文学，而且多半涉及性的方面；然而正如加藤周一在《日本文学史序说》中所说："谷崎写这样的小说，当然不是作者自身的或其他任何人的实际生活的反映，而是由此岸的或现世的世界观产生出来的美的反映，而且是快乐主义的反映。它只描写生活与这种理想相关联的一面，其他所有方面都被舍弃了。从这个意义上说，谷崎的小说世界是抽象性的。"

也就是说，谷崎的作品不是一般意义上的写实的，当然也不是象征的，而是作者探求美的一个个小试验场。他用写实的手法，描写那些经过精心设计的，从审美意义上讲是切实的，而从现实意义上讲是抽象的内容。谷崎文学没有社会意义，无论正面的还是负面的；只有审美意义。有些的确带有色情意味，但是这与施虐狂和受虐狂色彩一样，都只是通向美的终极的过程，是全部审美体验的成分，虽然是很重要的一个成分；但是如果不具有审美意义，它们对作者也就没有任何意义。

世界上大概没有一位作家，像谷崎那样毕生致力对美的探求，这种探求又是如此极端，如此无所限制。正因为无所限制，他的作品与社会发生了某种关系。谷崎只针对美，并不针对社会；但是社会关于美的意识与谷崎对美的探求有所冲突，在他看来这实际上是为美和审美规定了某种限度。而对谷崎来说，美没有任何限度，审美也没有任何限度。那么借用禅宗的一句话，就是逢佛杀佛，逢祖杀祖，虽然他是有我执的，这个我执就是美。所谓"恶魔主义",也是在这一层面发生的,本身是过程之中的产物,并不具备终极意义。然而我们有可能忽略这一点。从另一方面讲,当善与美发生冲突时,谷崎不惜选择恶来达到美;我们从社会意识出发,也有可能认为他表现了丑。譬如《恶魔》中佐伯舔恋人的手帕,就是一例:

"……这是鼻涕的味儿。舔起来有点熏人的腥味,舌尖上只留下淡淡的咸味儿。然而,他却发现了一件非常刺激的、近乎岂有此理的趣事。在人类快乐世界的背面,竟潜藏着如此隐秘的、奇妙的乐园。"

日本文学的美都是感官的美,而且,审美体验涉及所有感官。这里便是谷崎在味觉审美上所表现的一种无所限制的体验。而审美体验的无所限制,正是谷崎文学的最大特点。《春琴抄》堪称谷崎审美体验集大成之作,当春琴被歹徒袭击后,她说的第一句话就是:

"佐助,佐助,我被弄得不像人样了吧,别看我的脸哪。"

这提示我们,男女主人公之间,最根本的是一种审美关系,这也可以扩大于作者笔下一切男女关系。从这一立场出发,那些超出人们通常接受程度的细节描写,似乎也就可以得到理解。而在《春琴抄》中,佐助正是因为不要

再看师傅被毁容的脸,刺瞎了自己的眼睛。此后他有一段自白:

"世人恐怕都以眼睛失明为不幸。而我自瞎了双眼以来,不但毫无这样的感受,反而感到这世界犹如极乐净土,惟觉得这种除师傅同我就没有旁人的生活,完全如同坐在莲花座上一样。因为我双目失明后,看到了许许多多我没瞎之前所看不到的东西。师傅的容貌能如此美,能如此深深地铭刻在我的心头,也是在我成了瞎子之后的事呀。还有,师傅的手是那么娇嫩,肌肤是那么润滑,嗓音是那么优美,也都是我瞎了之后方始真正有所认识的。"

除了美超越一切之上外,更重要的一点在于,《春琴抄》表现的是审美体验在不同感官之间的转换过程,也就是从视觉审美变为触觉和听觉审美,而这使得审美主体与审美对象之间的距离更为切近,所感受的美也更具体,更鲜明,更强烈。换个角度来看,也可以说是通过屏蔽某一感官,其他感官的审美体验因此被特别凸现出来。晚年力作《疯癫老人日记》,正是在这一方向上的发展。"我"老病缠身,几乎只能通过触觉来体验儿媳飒子的美。飒子称"我"为"迷恋脚的您",呈现在"我"感官里的飒子的脚的美在这里被描写得淋漓尽致。而最为登峰造极的,是"我"打算将墓碑做成飒子脚的形状,"我死了之后,把骨头埋在这块石头下面,才能真正往生极乐净土呀"。这也体现了谷崎文学审美体验的受虐狂因素。而一旦涉及性,触觉、味觉和嗅觉较之听觉和视觉,色情意味要更重一些。《战后日本文学史·年表》中译本有段引文,为现在收入《谷崎润一郎作品集》的《疯癫老人日记》(这似乎是个节译本)中所未见:

"墓石下面的骨头发出哭叫声。我边哭边叫:'好疼,好疼。'又叫:'疼虽然疼,可是太开心了,实在太开心了。'我还要叫:'再踩,再踩吧!'"

对于"我"和作者谷崎来说,这一笔非常关键,删略就不完整了,但是仍应被纳入作者的整个审美体验范畴之中。谷崎是女性的崇拜者,曾强调自己"把女人看作是在自己之上的人。自己仰望着女人。若是不值得一看的女人,就觉得不是女人",然而对他来说,女性只是女性美的载体,只有美才是至高无上的,所以《疯癫老人日记》中的"我",不惜以死为代价从事美的历险,《钥匙》中的丈夫则为此而送了命。这两部小说与《春琴抄》一样,从一方面看是美的历险,从另一方面看是人生的折磨,其间反差如此之大,正可以看出谷崎的视点与寻常视点有着多么大的区别；而如果不认同他的眼光，我们就只能误读他的书了。

在谷崎的全部作品中，分量最重的《细雪》被认为是个例外，因为这里向我们呈现的只是生活状态本身，并不具有前述那种抽象性。小说由一系列生活琐事组成，进展细腻而缓慢，没有通常小说中的重大情节，也没有谷崎其他作品中刺激性强烈的事件。阅读它同样需要首先接受日本小说的前提，即情节根本是无所谓的，应该撇开它去品味细节。《细雪》是人生况味特别深厚的作品，谷崎似乎回到普通日本人的姿态，去体验实在人生了。然而这里审美体验仍然十分重要，不过所强调的不是超越日常生活之上，而是弥散在日常生活之中的审美体验，这正与他在随笔《阴翳礼赞》中所揭示的是一致的。虽然我们时时仍能看到谷崎特有的审美方式，譬如通过描写雪子眼角上的褐色斑表现她不复年轻，通过描写妙子身上不洁气味表现她品行不端，都是作者惯常使用的诉诸感官的写法。

二〇〇〇年十月十四日

川端文学之美

我们读川端康成的早期之作,比如《伊豆的舞女》,感觉真是清澈得很;及至到了晚期,特别是《睡美人》和《一只胳膊》,好像特别浑浊。纵观整个川端文学,《雪国》可以说是起着承前启后的作用,此前此后的作品明显就有这种不同(偶尔也有例外,比如《古都》)。所有这些,其实只是我们作为读者印象上的变化,对于川端来说,变化则始终没有超出一个范围。川端最著名的小说差不多都是描绘感官美的,所发生的一切变化都是在感官美和对于感官美的描绘之中的变化。《雪国》里有一段描写,我觉得最具有代表性:

"岛村感到百无聊赖,发呆地凝望着不停活动的左手的食指。因为只有这个手指,才能使他清楚地感到就要去会见的那个女人。奇怪的是,越是急于想把她清楚地回忆起来，印象就越模糊。在这扑朔迷离的记忆中，也只有这手指所留下的几许感触，把他带到远方的女人身边。他想着想着，不由得把手指送到鼻子边闻了闻。当他无意识地用这个手指在窗玻璃上划道时，不知怎的，上面竟清晰地映出一只女人的眼睛。他大吃一惊，几乎喊出声来。大概是他的心飞向了远方的缘故。他定神看时，什么也没有。映在玻璃窗上的，是对座那个女人的形象。"

加藤周一谈到川端康成时说："女子总是他诉诸视觉的、触觉的或听觉的美的对象，是雕刻般的东西，绝不是主体的人。"（《日本文学史序说》）这里的两位女子驹子（"就要去会见的那个女人"）和叶子（"对座那个女人"），正是出现在岛村的感官里，而且，是在不同的感官里。与其说她们代表了川端前后期作品的两类女主人公，倒不如说岛村与她们的关系代表了作为川端文学主体的感官美得以实现的不同方式更恰当些。所谓不同方式，其实都是诉诸感官的美，只是其中起主要作用的是不同的感官而已。一切的美无非都是感官美，但是川端在这里承继了日本文学最根本的一个传统，即认为感官美的范围应该是涉及所有的感官，同时，感官美的对象也没有任何限制（后面这一点，在《千只鹤》和《山音》中表现得最明显）。对川端来说，感官的美不仅是视觉的、听觉的，而且是嗅觉的、味觉的和触觉的。而不同感官的美在其实现过程中，加藤所说的"主体的人"与"美的对象"之间的距离其实是不同的，视觉、听觉较之嗅觉、味觉和触觉，这一距离是从远到近。在《雪国》的例子里，作为触觉及嗅觉的美的对象的驹子和作为视觉的美的对象的叶子，一位显得滞重，一位显得轻盈；岛村与她们的关系，分别是"肉"与"灵"的关系，这都与美的距离不同有关。最切近美的对象的是触觉，川端写《睡美人》和《一只胳膊》时，触觉的美已经成为最主要的内容。而从前在《伊豆的舞女》中，那个纯洁的舞女始终只是存在于"我"的视觉之中。这一美的距离的变化，给我们读者的感觉恰恰就是清澈与浑浊的区别。

川端在《独影自命》中说："岛村当然也不是我……说我是岛村还不如说我是驹子。我是有意识地保持岛村和自己的距离来写这部作品的。"但是又说："对于《雪国》的作者我来说，岛村是一个让我惦念的人物。"主人公作为原型与作为审美上的"主体的人"有所区别，从前者讲，与作者之间的任何模拟都有牵强之嫌；从后者讲，我想几乎可以肯定川端就是他所有作品审美上的"主体的人"。而对川端来说,他作为"主体的人"与"美的对象"的距离,也反映了他自己与人生或者说与生命的一种关系。美在不同感官诉诸上的偏移,美的距离的切近,是他更加意欲抓住人生或生命的体现。《伊豆的舞女》里的他实际上是在人生或生命之外,一切显得虚无缥缈;到了晚期这一关系反而要切近得多,坐实得多。晚期的川端常常被批评是颓废,从审美意义上讲,颓废与感官美的对象的没有限制有关,与美在不同感官诉诸上的偏移有关,与"主体的人"与"美的对象"之间距离的切近也有关。颓废应该是针对生而言的,颓废正是川端更加意欲抓住人生或生命的体现。

一九九八年十月十八日

谈温柔

最近把家存的所有蒲宁小说的译本找出来重读了一遍,还是觉得很喜欢。其实我早已是不大爱看小说的了,干吗赶到蒲宁就成了例外呢,说来这有些买椟还珠之嫌:现在我所留心的乃是他小说里的意思。蒲宁小说我最喜欢后期即去国之后所作,因为他的意思在其中更是圆满。关于这点,特瓦尔多夫斯基为九卷本《蒲宁文集》写的序言中有番话说:

"爱与死几乎是蒲宁的诗歌和散文的从不改变的基调。他描写的爱情是尘世之爱,肉体之爱,凡人之爱;这种爱或许是对人生的一切缺陷、不足、虚妄、苦痛的唯一补偿。但是这种爱往往直接归于死,甚至似乎因为好景不长、死别难免而变得崇高起来。蒲宁写的爱情故事结局大多是死。这样的结局有时到了突兀、造作的地步,例如

《丽卡》的结局。"

这似乎是很有分量的意见,我们这里的论家也常常袭用;他讲到蒲宁笔下的爱还不无道理,但关于死就不是那么回事了,他也不大明白爱与死在这里是怎样的一个关系,所以也就不能说是彻底理解了蒲宁所写的爱。特氏之于蒲宁说到底还算不得是个解人。《丽卡》是长篇小说《阿尔谢尼耶夫的一生》的最后一部,关于特氏所说的结局,该书中译本译后记介绍说:

"在小说中,阿列克谢·阿尔谢尼耶夫和丽卡的爱情史是以丽卡之死而告终的。但实际上,巴琴科同蒲宁关系破裂之后便嫁给了作家的早年朋友阿·尼·比比科夫。照穆罗姆采娃-蒲宁娜的说法,《阿尔谢尼耶夫的一生》之所以有这样一个结局,看来是因为'作者希望他的生活就是如此'。"

所以这是蒲宁特意的安排,在别的小说中大概也一样,乃是蒲宁之为蒲宁的地方;指摘这个,也就等于把蒲宁整个儿给否定了。爱与死,蒲宁写的确实只是这两件事,他的小说几乎有一个固定的模式:偶然发生的爱,继之就是突然降临的死;因为都是如此,所以这死给我们的感觉就是必然降临的了。附带说一句,如果只写一篇,他

的这个意思似乎就很难体现出来。死在蒲宁小说中是特别重要的一个成分,但是他每次写到死却都很简略,例如:

"就在那年春天,我得知她患了肺炎,回到家中一星期就病故了。"(《阿尔谢尼耶夫的一生》)

"在复活节后的第三天上,他死在地下铁道的车厢里了——当时他在看报,突然把头往后一仰,靠在椅背上,合上了双眼……"(《在巴黎》)

"这年十二月,她由于早产在日内瓦湖畔与世长辞了。"(《娜达莉》)

"一个月后,他在加里西亚战死了,——死,这是多么不可思议的字眼呀!"(《寒秋》)

"本来我们打算到莫斯科去度过秋天,可是不仅秋天,连冬天我们都不得不滞留在雅尔塔——因为她开始发烧而且咳嗽,我俩的屋里弥漫着甲氧甲酚的药味……到了来年开春,我把她埋葬了。"(《三个卢布》)

这是因为在他看来死并不是特别发生的一件事情,它是必然的,无可争议的,是人生唯一的结局。在蒲宁的小说中,死是前提,是背景。蒲宁真正关心的是"死前"。他所描写的爱(他总是把爱描写得非常真切非常细致)都是在死的前提或背景下发生的;而且他总是把死与爱紧紧地联系在一起，如果人生是一本书的话，爱总是作为结局的死的前一页。他写的爱都很美好，但是仅仅是对美好的一种感觉，从来都来不及享受这美好，所以他写的爱就不给人以幻想，没有什么罗曼蒂克。蒲宁笔下的爱我们往往要透过死才能看得清楚，在《阿尔谢尼耶夫的一生》中正有这样的描写：

"不久前我梦见她一次，也是我这漫长生涯中唯一的一次。在梦中，她的年纪和我们共同生活、共度青春的时期一般大，只是从脸上可以看出她的美貌已衰。人显得清瘦，身上穿着丧服一样的衣衫。我看得模糊，然而心中充满了如此强烈的爱和喜悦，如此深切地感受到肉体和心灵的接近，那是我日后再没有从任何人身上体验过的。"

蒲宁笔下的人物，不论男人、女人，无一不是经历了长期的人生跋涉，如果认定了人生必死，如果劳累、困顿、苦难了一生仅仅是得到一个死的结局，那么实在是太苦了。蒲宁认为人彻底失去一切之前总得得到一点什么，在死前人生总该被什么东西照亮一下子，好比是有一道光，这道光就是他所写的爱。"这种爱或许是对人生的一切缺陷、不足、虚妄、苦痛的唯一补偿"，特瓦尔多夫斯基这句话是说得好的。这实在是人生所有的一点点企求；

虽然结果是不仅这企求破碎了，而且连发出企求的那个所有也要失去，就像《在巴黎》写的那样：

"她穿着丧服，从墓地回来的那天，春光明媚，在巴黎柔和的天空中，有几朵春日的浮云飘过，万物都说明生活是青春常在的——但也说明了她的生活却已经到了尽头。"

蒲宁写的爱当然是实实在在的一段段爱情，但若说它仅仅是爱情却似乎太轻了，从人生来理解它是一种慰藉，与现在被我们说得滥俗了的"终极关怀"很近似。这个如何形容呢，我想起"温柔"一词：温柔是什么意思我们去查字典好了；从字面上体会，"温"就是别太冷了，或不要仅仅是冷，"柔"就是别太硬了，或不要仅仅是硬。这也可以说是怜悯罢，蒲宁对于人生真是充满了怜悯。

一九九五年十月二十二日

喜剧作家

一般说来,毛姆应该归在有绅士风度,幽默和作品吸引人、读来有趣的那类作家之列。这首先因为他巧于构思,会讲故事;另外,也与他在小说中常常表现出的态度有关。毛姆的主要作品几乎都译到中国来了,译过来的我也几乎都读过,好像除了《月亮和六便士》里的思特里克兰德和《刀锋》里的拉里(有论家指出,分别是以高更和维特根斯坦为原型)外,他笔下的人物都处在作者的某种俯视之下。毛姆并不认为他们是英雄或有可能成为英雄,他们在他眼里多少有些可笑亦复可怜。他们度过了各式各样的人生,其实只不过是白费力气而已。所以虽然毛姆的小说让人感到轻松,甚至可以作为消遣的读物,那原因却在于他卸却了意义和价值加在人生之上的重负;这一重负卸却之后,"人生不过如此"——然而如果再多问一句的话,那个"如此"是什么呢。毛姆的小说除了轻松和消遣,也未必不让我们再去想一想。他的确说过:"文学是一种艺术。它不是哲学,不是科学,不是政治经济学,不是政治;它是一种艺术。而艺术是给人享受的。"(《漫谈美国文学》)而我们也可以说,文学的确是文学,但是一切文学最终都是哲学。文学或许不应该表现为哲学,但是文学不可能不表现哲学。毛姆的小说除了有一些好故事,一些活生生的人物,以及经常见到的那种异国情调外,也还有他自己的一个总的意思。他写的虽然是一个个人,但是对他来说他们代表了他眼里整个的人类。轻松和消遣都只是表面浅浅的亮色,幽默就不无深意了,幽默底下其实还有些黑暗。我觉得,《人生的枷锁》里的一段话最可以概括毛姆的总的意思:

"菲利普想起了有关东罗马帝国国王的故事。那国王迫切希望了解人类的历史。一天,一位哲人给他送来了五百卷书籍,可国王朝政缠身,日理万机,无暇披卷破帙,便责成哲人将书带回,加以压缩综合。转眼过了二十年,哲人回来时,那部书籍经压缩只剩了五十卷,可此时,国王年近古稀,已无力啃这些伤脑筋的古籍了,便再次责成哲人将书缩短。转眼又过了二十年,老态龙钟、白发苍苍的哲人来到国王跟前,手里拿着一本写着国王孜孜寻求的知识的书,但是,国王此时已是奄奄一息,行将就木,即使就这么一本书,他也没有时间阅读了。这时候,哲人把人类历史归结为一行字,写好后呈上,上面写道:人降生世上,便受苦受难,最后双目一闭,离世而去。生活没有意义,人活着也没有目的。出世还是不出世,活着还是死去,均无关紧要。生命微不足道,而死亡也无足轻重。"

毛姆所有作品的基调就定在这里。就一种人生哲学而言,他当然并没有多大创获(我们也不应该这样去要求他或者别的作家),只是用了一副实际上是古已有之的眼光来看待人生。这副眼光,我觉得不妨说是喜剧的;而与之对立的一副眼光,则可以说是悲剧的。记得鲁迅有两句特别有名的话:"悲剧将人生的有价值的东西毁灭给人看,喜剧将那无价值的撕破给人看。"关于悲剧和喜剧人们说过那么多,却让他道出其中的真谛。悲剧和喜剧从根本上讲不是对人生的现象而是对人生的本质的认识。"毁灭"与"撕破",这些还只是表现而已;在鲁迅的话里有更深的一层意思,即根据对于人生本质的认识来区分,悲剧是以"人生""有价值"为前提,喜剧是以"人生""无价值"为前提。人生本是一个东西,悲剧和喜剧都是对它的看法。悲剧是正的,喜剧是负的;悲剧是向上的,喜剧是向下的;悲剧最终张扬人生的价值,喜剧最终消解人生的价值。回过头去再看毛姆,他不过是文学史上一系列喜剧作家中的一个而已。

一九九八年十月十一日

卡夫卡与我

"卡夫卡是本世纪最佳作家之一，时至今日，且已成为传奇英雄和圣徒式人物；正如奥登在一九四一年说过的那样，就作家与其所处时代的关系而论，卡夫卡完全可与但丁、莎士比亚和歌德等相提并论。"

乔伊斯·卡洛尔·欧茨在《卡夫卡的天堂》里说的这段话，十七年前我初次接触卡夫卡的作品时就已经读到，因此给我的印象很深，几乎成了许久以来我自己对这个奥地利作家的认识。但是现在我想，除了强调被论述者的重要性以外，这里其他的意思好像都不无可以商榷之处，至少也需要有所解释。比如说，卡夫卡"所处时代"与另外几人是完全不同的，因此与时代的"关系"就肯定是两样，所以如果简单地"相提并论"恐怕反倒会误解了他。此外，"传奇英雄和圣徒式人物"这样的话加之于卡夫卡也需要被赋予新的意义,甚至是与原来这些话语大部分意义根本相反的意义。在另一方面,以卡夫卡作为二十世纪的代表人物恐怕有很多人不会同意。因为这个世纪在一个极向上有他,《诉讼》与《城堡》等的作者;在另一个极向上有科学技术与现代工业的高速发展。我们很容易把这两个极向分别理解为光明与阴暗,或者希望与绝望。如果我们说其中一个极向(卡夫卡)是另一个极向的产物,至少它们是在同步发展,我们迄今还很难说服所有的人。而第一个做这番说服工作的可以说就是卡夫卡本人。当然更深一层的认识(这也来自卡夫卡的作品)是,卡夫卡置身于这两个看似对立的极向之上,虽然他肯定不是光明与希望,但是仅仅以阴暗或绝望来概括他也显然是不够的。用卡夫卡的眼光看,这两个极向实际上很可能是一致的,这种一致性我们似乎只有用一个最不具一致性的词来形容,这就是"荒诞"。我想荒诞是穿越了希望与绝望,它是它们相互碰撞的结果,这并不是一个纯然悲观的东西;我们只是不能也不可能再像过去那样乐观了而已。

现代意识最重要的特点是非理性,所以它在实质上并不是与以往的各种意识不同的另外一种意识。荒诞也是如此,我觉得它更接近于感受。在不排斥其他人对卡夫作品各个方面意义的揭示的前提下（否则就有把他简单化之嫌），我心目中的卡夫卡与所处时代的关系显然不同于但丁一干人等，他是我们这个时代的感受的先知。也就是说，他写出了他的感受，然后，我们所有的人在我们各自的生活以及由这些生活共同构成的整个历史演进中重复他的感受。对于我们一切都是新鲜的——当然这种新鲜之感说穿了也是由于不再麻木而已；而对他一切都是体验过的。我们穷尽一生只是走向了卡夫卡。卡夫卡不能说是传统看法里的一株伟岸的树，但是大家都在他的荫蔽之下。我虽然称他为先知，这个人却显然是在我们当中，在二十世纪人群的队列里他可能是最先的一位，也可能是最后的一位。卡夫卡，我想也许他是这世界人散灯灭最后那个锁门的人。他写出了这个世纪所有的荒诞，除了这样一点外：在他写出所有荒诞以后我们还不能不继续着这种荒诞。这是他所不能写出的最大的荒诞。卡夫卡的很多作品都没有完成，在他临死之际还曾要求朋友把他写的东西"一点不剩地全部予以焚毁"，我总感到他最终意识到无论如何他也不能完成对于荒诞的描述，也就是说，他不能跳出荒诞之外，在荒诞面前他也是荒诞，他不是世界与历史的终极，我想这一切也许都是有关系的。

卡夫卡的作品中，我觉得最值得重视的是他最后没有写完的《地洞》。它好像比《变形记》，甚至比《诉讼》《城堡》更纯粹。在这里已经不再借助于与外界事物的冲突（尽管那些冲突往往是莫名的），完全是对内心世界的描述了，而这才是我们真正无法面对和无法承受的。当那个不知名的动物守望着地洞时，作者写道："我仿佛不是站在我的家门前，而是站在我自己的前面……"我因此想到其实地洞是一个人，而洞里的动物是他的思想。《地洞》是一部不可能叙述完成的心路历程。经历了探索、陶醉和周而复始的弥合之后，即使是人的思想也不能成为他的逃避之所，因为人间的全部荒诞实际上是来自于人自身。说到底不是你周围的世界荒诞，是你荒诞。人为自己所不安，所惊恐——在我看来，在小说最后部分发出使那动物惶惶不可终日的奇异声响的也不会是他以外的任何所在。

一九九七年二月三日

博尔赫斯与我

我总感到在卡夫卡和博尔赫斯这样两个从未见过面的人之间，好像有着一种默契，一种交接，这样他们就都能够最充分地展现自己的才华。博尔赫斯本人也曾试图确立这一联系，在《卡夫卡及其先驱者》中，他为卡夫卡找到一批作品具有虚构和悖论性质的先驱者，实际上是将卡夫卡视为自己的一位先驱者了。但是我还是要说他们是在不同领域里从事伟大的开掘的；这个不同领域，我们姑且分别用"有"和"无"来形容罢。关于"有"可以说已经基本上被卡夫卡给写完了。两年前我写《卡夫卡与我》，写到读他的《地洞》的感受时，有个人不断打电话给我，结果只好草草收笔。记得我本来想说，当我读到《地洞》里不知名的动物另外造了个洞看着自己的地洞时，真有说不出的空虚，寂寞，甚至恐惧，我想有关人类、历史和这个世界的实质已经被他写出来,别的作家似乎只能做亚历山大大帝之哭了。当然在同一方向上以后还有像加缪《局外人》那样的优秀作品,但是也只能说是拾遗补阙了。

至于博尔赫斯,路易斯·哈斯在《豪尔斯·路易斯·博尔赫斯以哲学聊以自慰》中说得非常清楚:

"他叫博尔赫斯,住在布宜诺斯艾利斯。这仅仅是他的一个方面;还存在着'另外一个'博尔赫斯,正像他自己所说的那样,生活在另一世界,这个世界按椭圆形轨道围绕某一个已消失的星球运转,而这个星球发出的光辉仍然照耀着无形的作品和被人遗忘的手稿。"

这里前一个博尔赫斯无疑仍然是属于卡夫卡的,而"另外一个"就不同了:有别于卡夫卡之面向"有",他面向"无"。虽然博尔赫斯也曾取法于前人,譬如常常被他提及的《一千零一夜》等,但是他的确是完全创造了"另一世界"的作家。对博尔赫斯来说,最重要的并不是写法问题。我们也不能简单地把他混同于以虚构作为主要写作方式的作家。卡夫卡就是最擅长虚构的作家。但是卡夫卡以及别的虚构作家可以从"无"来,却总是向"有"去的,博尔赫斯则来与去一概是"无"。在博尔赫斯的作品中经常出现镜子这个意象,其实所有的文学都是镜子,只是在别人（例如卡夫卡）的镜子中我们看到的仍是我们的世界，而在博尔赫斯的镜子中看到的是别的东西，或者干脆说什么也不能看到。这里涉及一向被当作评判文学的基本标准之一的真的问题。真及其对立面假所涵盖的是文学与这个世界的关系。博尔赫斯以前的文学，无论怎么写法，都是对这个世界的譬喻，也就是说，都是寓言式的，至于是否直接描摹现实其实并无所谓；而博尔赫斯的文学是反寓言式的，它的那种譬喻性质被彻底消除了。博尔赫斯没有真或假的问题。大家形容他，说是迷宫，梦，或怪诞，其实这只是我们的感觉而已；最根本的是我们在这里丧失了原有一切关于向度和量度的标准。博尔赫斯为"另一世界"创造了空间和时间，两样东西与我们世界的完全不同。他的世界不是我们的世界（或者干脆说是卡夫卡的世界更恰当些）向着某一方向的延伸，构成它们的基质是不一样的。诸如人，生活，社会以及作为这一切的背景的历史等等，从来就不曾被博尔赫斯所关注过。

博尔赫斯的"另一世界"仅仅存在于他的头脑之中。这支持了我的一个想法，即想象本身已经足以给人类提供永恒的价值取向，而并不在乎这一想象的意义何在。换句话说，想象与我们的存在之间并不是派生或隶属的关系，无须用存在来界定，它本身就是独立的存在，就已经具有了终极意义。所以我坚信在二十世纪绘画史上超现实主义一派贡献极大，同样我们也无须担忧会对博尔赫斯以及继乎其后的卡尔维诺等人有什么过分揄扬之处。前天晚上我在电话里和一位朋友谈起这一点，他说其间毕竟还有生成与制造的区别。我提到一种流传久远的说法，即世界是由上帝创造出来的。在这一说法中，上帝并不等待着世界自己生成，而是制造了它；我们因此崇拜这个角色，并不加以鄙夷。或许这只是玩笑，或许它意味着人类在冥冥之中早已对自己有所期待。多年以后，这一期待由博尔赫斯在文学领域里完成了。既然所谓上帝无须辩解，博尔赫斯也就无须辩解。当然这里似乎有个区别，即其一出乎心灵，其一出乎头脑。博尔赫斯也曾经这样谈论自己："他是利用哲学问题作为文学素材的作家。"（《我和博尔赫斯》）但是我们无法断言智能的价值不如情感，而一个伟大的头脑竟抵不上一个伟大的心灵。

一九九九年五月十五日

距离或绝望

J.贝尔沙尼等著《法国现代文学史》说:

"不管玛格丽特·杜拉斯搬上舞台的是一个什么家务都做的女仆或一个工业家的妻子,一个副领事,一个年金收入者或一个'左派'小知识妇女,她给我们叙述的始终不是一次恋爱的故事,而是爱情的故事。……玛格丽特·杜拉斯写道:'世界上没有一次恋爱能代替爱情。'"

这提示我们,杜拉斯的小说恐怕应该是另外一种读法;而我们往往把她写的"爱情"看成"恋爱"了。所谓爱情别有意义。在她的所有小说中,都存在着一个可以被视为主体的东西,就是距离。这是一位关于距离的作家。她的人物永远停留在起点,无论经历过什么,人物之间不可能相遇。杜拉斯的《情人》出版之后,"有人问这位作家，在重读自己的这本小说的时候，是不是有某些懊悔，感到遗憾的地方。回答是：没有，只有小说的结尾是例外，即小说最后十行文字写打来的一个电话"（见上海译文版译者前言）。我觉得正因为这一笔似乎意味着有缩短距离的可能，所以她才感到遗憾。

杜拉斯小说中总有一个"他"和一个"她"。"他"并不是某个男人，甚至不是作为整体的男人；"她"也不是某个女人，譬如说，杜拉斯自己，甚至也不是作为整体的女人，他们是这世界上相距最远的两个点。距离，换句话说，也就是绝望。因为距离的一端或两端，总是试图缩小这一距离，结果总是徒劳的，所以是绝望。这也就是杜拉斯意义上的爱情。爱情、距离和绝望，是一个意思。我们也可以说，爱情，这是她的人物的生存状态，或者说是一种基质。杜拉斯关注的不是人的生活，而是人的存在。

杜拉斯的作品，我最喜欢的（在目前所能读到的译本中）是《琴声如诉》《长别离》《昂代斯玛先生的午后》《印度之歌》和《蓝眼睛黑头发》。不妨以《长别离》来做代表。书里真正的人物只有两个：黛蕾丝和流浪人。流浪人丧失了记忆，而黛蕾丝试图唤醒他丧失的记忆。这里她做了什么其实并不重要,重要的是他始终没有恢复记忆。杜拉斯的小说没有事件,也没有过程,事件和过程都是虚幻。前面我们讲到人物,然而他们与其说是人物,不如说是一出戏里的两个戴面具的角色。

这一切就像米歇尔·莱蒙著《法国现代小说史》讲的那样:

"如果说娜塔丽·萨洛特写的是反小说的话,那么,玛格丽特·杜拉斯可以说写的是前小说:在这个空间和她开了个头的这个时间里什么事情也没有发生。她着重写的是一个故事的可能情况,但故事却永远不会发生;万一发生了,就暴露了世界上存在的奥秘。她只讲述发生的很少的一点点事情,再添上心里所想的很少的一点点东西,就这样她成功地创造了一种令人心碎的悲怆气氛:这种悲怆气氛与人的存在非常逼近而和愉快的心境相距甚远。"

杜拉斯常常喜欢从一己的经历取材,写成她的作品。不过从经历到作品并非一蹴而就,其间尚有过程。杜拉斯是把经历的碎片纳入她的哲学,而不是把哲学纳入她的一段段经历。经历对她来说不是主体性的东西。也许根本没有小说家杜拉斯,只有哲学家和诗人杜拉斯。达到极致的时候（例如写《蓝眼睛黑头发》时），她与洛特雷阿蒙、兰波、圣-琼·佩斯是同一序列的作者。我们当作"写实"或"仿真"来读，恐怕看走了眼了。

一九八六年，杜拉斯在美国获得过一个以海明威命名的奖项。当时我大概在《参考消息》上得知此事，授奖的理由仿佛是说杜拉斯的文体具有海明威的特色。但是我记不大清楚了。我以为在杜拉斯与海明威之间的确存在着某种共同之处，他们都认定陈述真相是不可能的。这不是从操作意义上而是从哲学意义上讲的，因为他们本身都是刻画方面的高手。《长别离》中有段对白，正是这个意思：

"皮尔：'你是不肯呢，还是不能把心事告诉我？'

"黛蕾丝轻声答道：'不能。我即便想说，也不知从何说起。'"

类似的说法，多次见于她的作品。杜拉斯的小说都像是电影剧本，仅仅是对将要拍摄的电影的一种提示；然而她的剧本拍成电影也不就是最终的陈述。我们很容易由此联想到中国画的"留白"，但毕竟是不一样的：留白意味着可能，而杜拉斯所揭示的恰恰是不可能。换句话说，留白出自一个可以主宰一切的神之手，而杜拉斯与她的新小说派朋友不承认有这样一个全知全能的神存在。这里,写小说的她类同于小说中的一个人物,受到绝对限制,逾越不了她与对象之间的距离。

一九九九年十一月二十八日

一支没有射击的枪

契诃夫的朋友谢·尼·休金记述过他的一番话:

"凡是跟小说本身没有直接关系的东西,全都应该毫不留情地去掉。如果您在第一章里说,墙上挂着一支枪,那么在第二章或者第三章里它就应该用来射击。如果没有人去使用,那么它也就不必挂在墙上。"

我不知道是否后来有小说家受到相反的启发,特地要去描写一支没有射击的枪。比方说,在每一章里都提到它,让它老是挂在墙上,但是直到最后,这支枪也没有派上用场。我觉得这倒是很有意思的。

罗伯-格里耶在《现实主义与新小说》中谈到《包法利夫人》时说:

"小说的头七页就是班上的这个男孩子在说话,是他在讲述查理·包法利到了班上,他戴帽子的方式,并详尽地描写了他的帽子。描写帽子是一个莫名其妙的细节，超出了上下文意义的需要。福楼拜在初稿中曾用了好几页的篇幅描写查理的这顶帽子，他曾把这段文字念给他的朋友布依埃和杜康听，征求他们的意见。他的朋友们很不满意，说：'居斯塔夫，你把你的读者弄糊涂了，这个细节毫无意义。'"

福楼拜的朋友的话与契诃夫所说"有惊人的相似"。这里实际上体现了一种哲学，一种对我们这个世界（过去、现在和未来）的基本认识，即所有的东西都具有意义，所有的东西都能够被纳入某种秩序，所有的变化都能够得到解释。这些统统可以被归结为我们常说的因果律。因果律在"因"和"果"之间建立的那种固定的、相互呼应的关系，反映的正是人们对绝对秩序感和绝对合理性的要求。

在契诃夫的例子里，显然射击只是那支枪的一种可能性，同样，不射击也是一种可能性，为什么后面这种可能性被剥夺了呢。答案当然是因为它属于"跟小说本身没有直接关系的东西"，"毫无意义"。可是这种判断（包括契诃夫所说的"小说本身"的存在）还需要有一个依据或前提，这也就是上述那种哲学。问题不在于合理性是否合理，问题在于合理性的合理性是否合理。

如果我们承认因果律的这一前提，因果律当然就是合理的，甚至是必须遵守的。反过来说，因果律也是契诃夫所谓"小说本身"的基本保证；没有因果律，"小说本身"就不存在了。一个作家无论如何要合乎自己的逻辑，能够自圆其说。所以你不能把一支不合理的枪放到一个必须处处合理的小说的语境里。在这个语境里，那支枪非得射击不可。一支莫名其妙的枪必然会给由"跟小说本身有直接关系的东西"构成的叫作"小说本身"的秩序造成极大的干扰，以致最终从根本上起到一种颠覆作用。

契诃夫是我非常喜爱的作家，我在这里所说丝毫没有贬损他的意思，我甚至觉得他这番话并不能完全概括他自己的创作，就像毛姆说过的那样："即使是契诃夫，也只有觉得适合他需要的时候，才恪守自己的原则。"其实他更像是在陈述一个有关传统小说的事实。全部传统小说都是建筑在这样一种人为规定的"有意义的""合理的"秩序之上。附带说一句，对传统小说的阅读也正是对这一秩序的再次确认。所以尽管根据因果律，果必有因，因也必有果，就像那支枪如果存在，它就必须发射，否则就不得存在一样，但是这丝毫也不妨碍我们仍能饶有兴趣地读下去。人们正是要在因果律中去体验因果律的那种"有意义的""合理的"秩序感。

取消了因果律，传统小说也就站不住脚了。现代小说对于传统小说的突破正是在这里。现代小说可以说都是"外小说"，即都是在传统小说的范围或秩序之外去考虑问题。对于现代小说来说，传统小说所谓的反映现实，其实反映的只是被规定化或理想化了的现实。大概正因为契诃夫这样写，所以罗伯-格里耶才那样写。就像他在讲完有关《包法利夫人》的那段话之后讲的：

"应该说，对这顶帽子进行一层，二层，三层……连续层次的描写，就是现在新小说的描写。读者得到的是一个看不见也无法想象的怪物，它超出了上下文意义的需要。"

这与我设想的那样一支没有射击的枪或许正是一码事罢。

一九九八年十月二十四日

局外人与局

俗话说:"当局者迷,旁观者清。"这乃是从旁观者立场讲的,若当局者未必觉得自己迷也。世间万事莫不是个局,什么意义都是要有前提的,否则万事皆休,意义一概成了无意义。所以最怕就是局外人,他最好缄口不言,一说便都成了消解。消解现在是时髦话,恐怕只有这里才道着要害所在。建构总是单方向的,最多只能加上与之针锋相对的那个方向;而消解是无限的。也就是说,局外人几乎可以站在任何立场说话。安徒生有篇《国王的新衣》家喻户晓,里面最终讲出"可是他什么衣服也没有穿呀"的小孩子就是一个局外人,他消解了国王、裁缝和老百姓们共同构筑的局。局外人不承认前提,他拒绝进那局里去,局对他也就不成立。

《现代汉语词典》里关于"局"的释义,一个是"形势、情况、处境",另一个是"圈套",正代表了局内局外两种人的眼光。我们来举个例子。废名是现代小说名家,有不少佳作行世,然而有一天他说:"如果要我写文章,我只能写散文,决不会再写小说。所以有朋友要我写小说,可谓不知我者了,虽然我心里很感谢他的诚意。"(《散文》)这是怎么回事呢。后来我看知堂翁的《立春以前》,《明治文学之追忆》一篇引述他的话说:

"我从前写小说,现在则不喜欢写小说,因为小说一方面也要真实——真实乃亲切,一方面又要结构,结构便近于一个骗局,在这些上面费了心思,文章乃更难得亲切了。"

周氏自己则说:

"我读小说大抵是当做文章去看,所以有些不大像小说的,随笔风的小说,我倒颇觉得有意思,其有结构有波澜的,仿佛是依照着美国版的小说作法而做出来的东西,反有点不耐烦看,似乎是安排下好的西洋景来等我们去做呆鸟,看了欢喜得出神。"

虽然或许有人要说作为小说作者,废名未免神经过敏;作为小说读者,周氏未免口味偏嗜,我还是觉得一徒一师的话都有意思,因为他们虽然只是谈一己感受,却涉及小说乃至一切虚构艺术的实质。敢情这也是个局。作者写作和读者阅读之前,双方原本有所约定,或者说是默契,即都要信以为真。虽然都知道是"圈套",但是彼此谁也不能捅破这层窗户纸,一定要当它是"形势、情况、处境"。一方面放心去骗人,另一方面则甘心受人骗,此一契约关系决定着小说乃至一切虚构艺术之所以成立,对这一点如果腻烦了,像苦雨斋师徒这样,由当局者转而为局外人,一切就都失去效用。废名不想再当小说作者,周氏不想再当小说读者,小说对于他们就算是完了。在某种意义上他们都是《国王的新衣》里讲真话的小孩子一流角色。

这当然与小说写得怎么样有关系,却并非根本问题,因为那还都是第二义。小说艺术再高明,也只是虚构范围之内的完满,如果我们置身虚构之外去看它,则与艺术不够高明者同归于仅仅是虚构而已。不先接受了这个前提,艺术云云就谈不上。根本问题在于小说乃至一切虚构艺术不允许你完全置身局外。

但是要说这里师徒俩是一语道破天机却也未必,因为这一点恐怕自打世界上开始有虚构艺术大家就已经清楚了,只是心甘情愿如此,需要一种"骗局"的"亲切",

或者"亲切"的"骗局",他们乐得做"呆鸟",一心要"看了欢喜得出神"。周氏那样的读者究竟不多,废名那样的作者更在少数,所以小说等依旧有人来写,有人来读。即使是《国王的新衣》,小孩子破了一个局,他毕竟还在另一个由作者安徒生所布的局中。后来加缪写《局外人》,作者相当于就是这小孩子本人,然而这篇小说也还是个局。而且话说回来,把"圈套"想成是"形势、情况、处境"有多么难,把"形势、情况、处境"看穿为"圈套"还不容易,是乃消解一派实在煞风景之至也。周氏也好,废名也好,和那个小孩子一样,未免都有些多嘴了罢。

一九九九年六月九日

有关"可能发生的事"

我在《画廊故事》中写道:"在我看来,作为行为艺术家的达利在公众面前成就了画家达利,但是在画家和美术评论家心中损毁了画家达利。"这不过是陈述事实而已,所以自己大可安心。昨天晚上却忽然想到,那么他的自传怎么办呢。当然对于画家达利来说,写作也是行为艺术之一种,他在书中不厌其烦地自我标榜,可能惹得一些人迷醉,同时招致一些人厌恶;然而写作这一行为却另外成就了一个作家达利,这或许是大家始料不及的。对于一向认为自己无论做什么都有成就的达利来说,又应该是在意料之中。反正达利永远是不可规范的,他所崇奉的超现实主义的真谛即在这里,而达利尤其如此。

《达利的秘密生活》(一九四二)和《一个天才的日记》(一九六四)是两本形迹可疑的自传,因为我们实在难以相信他写的事情都是真的。然而达利这样一个人，又怎么可能一五一十地报告自己的经历呢。不是说他做不到，是他不愿意这么做。这里作家达利的态度以及才具，大概可以与画家达利相提并论。达利的绘画具有超乎寻常的技巧功底；谈论他的文字表现手段则应该小心一点儿，因为所读的是译文，不像绘画，到底看过一些原作。但是有些东西经过翻译或许不会有太多损失，譬如说他的幻想。达利作为画家和作为作家，都有着近乎疯狂的奇特想象力，为大多数画家和作家所望尘莫及。这里要解释一下，前面说他写的不真实，其实古往今来恐怕没有一本自传能够真正做到真实，就连歌德还把他的书取名为《诗与真》呢。但是达利不在这个系统之内，因为幻想原本不同于一般虚构。歌德式的虚构旨在仿真，而达利式的幻想是要另外创造一个世界。《达利的秘密生活》等与其说是在记录达利，不如说是在创造达利。我倒宁肯把它们和《小径分叉的花园》和《百年孤独》这类作品放到一起，而且说实话《达利的秘密生活》给我的阅读愉悦并不亚于《百年孤独》。

我的朋友贾晓伟说过："达利为创造一个虚无中的达利，几乎忙了一生。"（《图像与溶解》）然而对达利来说，我们看作虚无的反而是真实的；他压根儿没打算向我们展示那个不在虚无中的达利——或许他认为那根本就是不存在的。从另外一个角度看，达利的书无论如何也是他的精神历程的记录，而这对于我们更真切地了解画家达利，以及其所归属的超现实主义画派，都不无裨益。说实话我并不觉得达利是这一派中最伟大的一位（这种话其实没有什么意思），他也不是我最喜欢的一位，尤其后期的画，常有一种虚伪的、让人生厌的"神圣"气息。但是在他笔下，我看到了甚至比布勒东更为准确的对于超现实主义精神的描述。他说："原则上，我反对一切。……要我回答'白'，别人只需说'黑'就够了，要我吐唾沫，别人只需尊敬地鞠躬就够了。"这可以说是一切超现实主义画家的出发点罢，然而也仅仅是个出发点而已，最终使得他们有所成就（用"成就"一词来形容这些画家未免有些滑稽，可是我们有什么别的词可用呢）的还是想象力的极致发挥，这才真正是无所拘束的。"不"仅仅是与"是"相反的方向，最终不过是另一种"是"而已；而超现实主义的"不"有无数方向，无论哪一个方向，首先排斥的是来自前述"是"与"不"的既定。这样它就始终是鲜活的。达利有番话，足以让我们体会个中意味：

"我无法理解人竟然那么不会幻想；公共汽车司机竟然不会不时地想撞破商店的玻璃橱窗，迅速抢一些送给家人的礼品。我不理解，也无法理解抽水马桶制造商竟然不会在他们的器皿中放一些人们拉动拉链就会爆炸的炸弹。我不理解为何所有浴缸全是一个形状；为何人们不发明一些比别的汽车更昂贵的汽车，这些汽车内有个人造雨装置，能迫使乘客在外面天晴时穿上雨衣。我不理解我点一份烤鳌虾时，为何不给我端来一个煎得很老的电话机；为何人们冰镇香槟酒，却不冰镇总是那么温热发黏的电话听筒，它们在堆满冰块的桶里定会舒服得多……"

这才是达利的世界，达利创造的达利是这里的君王。现实世界与这个世界如此不能相得，使他不免感叹："我总在想，可能发生的事一点儿也没发生。"他因此对于在他之前从没有画家想到画一只"软表"觉得惊异不解。从某种意义上讲，达利的自传与他的画都是他头脑中的"可能发生的事"，而他的"可能"正是我们的"不可能"。作为自传主人公的达利，与他画中的呈现为"软表"的时间和呈现为撕扯自己的巨人的西班牙等，其实具有同一性质。面对稿纸和面对画布，一样由得他浮想联翩，他也可以多少运用他那有名的"偏执狂批评方法"。

达利说："我一生中，事实上一直难于习惯我接近的在世上非常普遍的那些人令我困惑的'正常状态'。"

达利式的幻想的本质在于拒绝一切前提。手边有一本《达利谈话录》，虽然不是出自他的手笔，但是说得上是可与《达利的秘密生活》媲美的书。有趣的是采访者总希望能够进入"正题"，也一再试图引导达利，然而他始终海阔天空，胡扯一气，采访者终于忍不住说："你这种迷人的折磨要持续多久？"这大概是另外一句可以概括达利的书（以及他的画）的话了。"迷人的折磨"，也道尽了达利的全部魅力。顺便说一句，前些时在杂志上看到一种说法：对现代西方艺术和美学而言，美已不再是艺术家园的主人，它为一个僭主——想象或创造所取代。我不知道这里所说的美是否真的存在过；即便存在过，我也敢断言那并不是真正的美。想象或创造本身就是美。无论对美还是对想象或创造加以限定，都是人类自己的损失。达利的自传如同他的绘画，给我的观点提供了充分的佐证。

二〇〇〇年七月二十日

现代绘画与我

我见过莫奈晚年的一张照片,画家站在他的大幅画作《睡莲》(一九一四——一九二六年)前面,手里举着调色板,似乎满眼都是迷惘。老画家这时已经功成名就,但是约翰·雷华德《印象画派史》说:

"正像安格尔一样,他死的时候,是他所体现的思想早已过时的时候。莫奈是印象派画家中第一个成功的人,是亲眼看到印象派真正胜利的唯一的印象派画家。他活着亲身感受他的孤立,当他看到许多年才实现的幻想被年轻一代十分激烈地加以攻击的时候,他一定会感到一些痛苦的。"

其实印象派中也并非莫奈一人落入此种境遇,《西方艺术史》说:

"德加、莫奈以及雷诺阿却都是特别地长寿——一直活到马蒂斯和毕加索创作旺盛时期。至少从历史上讲,他们都从杜尚那'暗号性的'作品《泉》中看到了一种清醒重大的想法。"

我们曾经慨叹于另外一些印象派画家如莫里索、西斯莱,特别是弗雷德里克·巴齐耶死得太早,来不及享受自己事业的最终成功;当然与此类似的情况还有更为大家熟识的梵高和高更,他们身后的巨大荣誉与他们本人的不幸经历形成了鲜明对照。但是对莫奈以及稍早于他辞世的德加和雷诺阿来说,"特别地长寿"似乎成为一种缺憾。这个事实近乎残酷:现代绘画确实变化快得让人难以接受,甚至画家们都来不及退场就看见自己当初的创新已经变成落后了。这是一部创始者与终结者聚集一堂的有点儿怪诞的历史。我们可以在莫奈和雷诺阿最后阶段的绘画里发现他们对风格的特别强调和发挥,似乎也是有意与所处时代相抗衡,这无疑构成他们一生成就的一部分,但是对那一时期的艺术史来说则未必有多大意义,他们毕竟已经过时了。

在我们涉及的这一段历史里,此后还有不少类似这样的画家。一方面,不管以名计抑或以利计他们都是成功者;另一方面,还有漫长的余生不知该怎么度过。与前辈们比起来，他们不过是成功得相对顺利一些罢了。似乎现代艺术史上大部分的困厄都让印象派和后印象派画家代为领受了。较之后来的那些破坏者如毕加索、杜尚等，无论如何他们当中的大多数都是些"好人"，甚至想要带着自己的特色加入传统，就连其中最"坏"的塞尚也还一直渴望能被官方沙龙所接受呢。传统对待他们实在过于严酷了。而传统也在与他们的长期对峙中耗光了元气，以后遇见真的充满恶意的对手反而不堪一击。印象派画家所关心的"光"与"色"现在看来似乎只是一点改变，但是改变一点也就意味将要连带着改变一切。看着莫奈那张不能让人感到愉快的照片，我疑心他或许在想：凭什么你们就这么容易呢。莫林谈到印象派和后印象派苦苦挨过的十九世纪后半叶时说："我恨死了那个时代。"这正好与斯蒂芬·茨威格在《昨日的世界》中对那一时期的追慕和怀想成为对比，但是我们实在难以接受当初梵高绝望自尽、高更抑郁而终这类事实。《现代绘画辞典》关于高更说过一段话，似乎也与茨威格的意见相左：

"事实上，他的一生难道不就是一种长期的折磨吗？他的妻子、同事、朋友、画商、殖民官员和整个社会似乎在合谋，以造成他的失败，以杀害这个具有画家缺点的人。他并非甘心地被不怀好意的同代人视为一个饿肚子的流浪汉，一个无耻的逃兵，而他败坏的历史恰恰又是他艺术的成功之路。"

但是在我们所知道的范围，现代艺术史毕竟还是让包括高更在内的一批最有才华的画家得以充分展现才华的时期。代价是一回事，成果是另一回事。的确相对于很多画家活得太长，另外一些画家活得太短，不过我感到这个长短似乎仅仅涉及他们亲眼看到自己的成功与否，而对他们艺术上的成就并没有构成寻常想象的那种障碍。梵高和莫迪里亚尼就人生而言都是不幸的，就艺术而言却很难指出他们在什么地方尚且有待于完善的。修拉一共只活到三十二岁，在这个年龄马蒂斯几乎全无业绩，然而马蒂斯以后有足够的时间慢慢儿地成就自己，修拉则已经把一生所要做的都做完了，实在无法想象他还能画出比《大碗岛的星期日下午》更加完美的作品。最终修拉和马蒂斯作为艺术家都达到尽善尽美的程度。

现代艺术史像一块从悬崖滚落的巨石，速度越来越快；而印象派和后印象派是把巨石推上悬崖的人。大概正因为历史不在某处过久停留，绝大多数画家都足以完成他们具体的贡献。问题倒是在另一方面，即前述莫奈等人所面临的那种困境。这个似乎只有毕加索多少能够避免。虽然评论家对他的后期成就亦有微词,但是不能不承认他有太大的创造力使得他不断变化风格,形成自己若干不同时期,从而始终努力走在时代的前列。我并不特别喜欢毕加索,但是非常钦佩他,在现代艺术史上,若论创造力他到底还是占据第一位的。当然更具启发性的是杜尚,罗伯特·马塞韦尔说得好:

"当毕加索被问到什么是艺术的时候,他立刻想到的是:'什么不是艺术?'毕加索作为一个画家,要的是界线。而杜尚作为一个'反艺术家'恰恰不要界线。从他们各自的立场来看,彼此都不妨认为对方是儿戏。采取他们两人的任何一个立场,就成了一九一四年也就是第一次世界大战以来艺术史的重要内容。"

他谈到"立场",毕加索的立场与印象派乃至更早的画家们并无二致,这本身就意味着一种历史的困境,而他只不过是在此立场上试图解决他们所未能解决的问题而已;杜尚才是提供一个新的立场因而真正解决了这一问题的人。然而杜尚是唯一的,也就是说他绝对不可能被仿效,所以并不一了百了地替同时以及此后的画家们解决他们所面对的问题。还是那句话,杜尚最大的意义在于他的启发性。

皮埃尔·卡巴内在采访杜尚时提到"不守法的使者",我想对一个真正的现代艺术家来说,这是最有概括性的话了。在那本谈话录中,杜尚说:

"一九一二年有一件意外的事,给了我一个所谓的'契机'。当我把《下楼的裸女》送到独立沙龙去的时候,他们在开幕前退给了我。这样一个当时最为先进的团体,某些人会有一种近似害怕的疑虑!像格雷兹,从任何方面看都是极有才智的人,却发现这张裸体画不在他们所划定的范围内。那时立体主义不过才流行了两三年,他们已经有了清楚明确的界线了,已经可以预计该做什么了,这是一种多么天真的愚蠢。这件事使我冷静了。"

他道出了自己毕生追求的真谛,也让我们明白他对整个现代艺术的最大贡献究竟是在哪里。对杜尚来说,根本不存在任何既定模式,真正有生命的艺术永远是不合规范的,否则它就死了。杜尚画《大玻璃》至少有一个意义就是像他指出的:"它是对所有美学的'否定'。"同样从这一立场——实际上他是超越了所有立场——出发,他为被评论家和超现实主义者斥责为"作品和画家本人良知突然黯淡无光"了的基里柯辩护。杜尚说:"他的崇拜者无法追随他，于是便断言基里柯的第二种样式丧失了第一种样式的生命力。不过，我们的后代也许会发言的。"

我们尽可以不喜欢基里柯后来的画作，但是问题不在这里，而在于布勒东等人死死认定他必须要画什么和必须不画什么，这就意味着超现实主义也有一种既定模式存在。其实画家改变风格之举本身无可非议，他可以不受约束地放弃任何东西，就像杜尚本人放弃绘画一样。现代艺术史上根本不存在任何契约关系。据说达利生前曾在约三十五万张空白画纸上签了自己的名字，专门留待后人造假，也当被理解为是对"界线"表示蔑视。我甚至认为基里柯的一意孤行未必不是对布勒东等人指责的反应。"基里柯除了不承认他的早期'形而上'风格与自己有任何关系并制造复制品外，他还宣布一九一八年以前的形而上绘画原作本身都是一些'赝品'。令人吃惊的是，那些超现实主义者竟然不欣赏这些出自被他们拥立为第一位超现实主义者之口的后达达形式语言。"（吉姆·莱文：《超越现代主义》）预先规定"不许如何"，似乎与超现实主义崇尚无限自由的主旨最相违背。以后布勒东也是基于同一思路开除达利等人的，这实际上还是以旧的精神去从事新的创造，在我的印象中，布勒东很像是古代的一位纯洁的骑士。而杜尚让我们意识到，其实对待艺术的态度本身就是艺术。

现代艺术史与以往的艺术史有所不同，它实际上不仅仅是艺术的历史，而且也是与艺术相关的一切，特别是制造艺术的那个人的经历的历史。现代大众传播媒介使得非纯艺术因素越来越处于重要的位置。我举一个例子。去年夏天罗马现代博物馆曾经失窃，此间电视台报道说，丢失了梵高等人的作品。我查看报纸发现，这个"等人"乃是塞尚。原来塞尚已经被归到"梵高等人"里去了。然而这也是情有可原的。在一般受众心目中，梵高无论是魅力还是名声都已经比塞尚要高得多；至于艺术史上的地位，那是另外一回事了。我也常常想古往今来画家多了，何以单单梵高这么出名呢。当然他的画画得好，这是毋庸置疑的，但是画得好的画家，甚至比梵高画得还好的画家也不乏其人，所以这并不是唯一的理由。大概除了绘画成就很大之外，梵高的影响还得力于另外两方面，即经历非凡和在情感上能被大多数人认同。《西方现代艺术》说：

"一般对绘画知之不多的人们，都知道并能回想起他的绘画来，在某种程度上，他的声望跟他常常痛苦地表现波希米亚题材有关。至于他本人和他那特别不寻常的生活,则如传奇一般。这样,撇开他的艺术不谈,仅仅就其生活而言,就足以称得上是奇妙而又迷人了。遗憾的是,他的生活像个谜,人们在这方面了解甚少,从而使对其艺术的了解和研究也变得困难起来。

"虽然这种情况并非例外,但仍需我们持一种审慎的态度。因为,无论他的生活如何令人费解,终究不能等同于他的艺术。换句话说,完全不了解他的生活,并不等于就不了解他的绘画。危险在于,我们在寻找他的艺术特征时,这特征往往产生于我们对其生活的了解,虽然可能确实存在着这些特征,但也有可能是我们强加于其作品之上的。"

问题在于时至今日,我们已经无法从对梵高的总的印象里抽掉对他生活的印象而单单留下对他艺术的印象,已经无法忘记他那诸如割下自己耳朵以及最后绝望地自杀这类经历了。虽然这对于梵高来说未必就是公正的,因为他的生活经历之于他本人可以说是几无任何快乐可言。但是在这里行为已经成为艺术,而逸事显然比学者们的评价要更有分量。

和梵高比起来,塞尚好像没有什么特别的事情可以作为谈资的;另外他情感上的近乎冷酷恐怕也使得大家要远离他而去。现代艺术史上一向有两个路数,其一是有情的,其一是无情的,毫无疑问后者应该更是主流的方向,一般受众却未必接受得了。梵高是热情的,但是他的热情并不像后来苏丁等那样过分,他到底是个正常人,热情保持在可以被大家接受的程度。如果太强烈了,就又产生抵触。梵高生活和艺术中的底层意识和苦难意识,也有助于他被大多数人所认同。梵高被同情,被热爱,而后被景仰,他是咱们凡人的圣人。塞尚则仅仅是一位伟大的画家。虽然我还是认为塞尚的确是要比梵高更伟大一点儿的。

前引《西方现代艺术》所说"他的生活像个谜,人们在这方面了解甚少"的话,似乎是对一般自认为懂得画家生涯的人的提醒。的确我们很容易只知其一不知其二,甚至被自己先入为主的认识所误导,以致对画家创作倾向和作品的看法都成了偏见了。高更大概是更为显明的例子。我觉得里德在《现代艺术哲学》中有关说法可能更合理些,当然这丝毫不会降低高更及其艺术在我们心目中的地位:

"他的余生与其应该解释为逃避文明,不如说是绝望地寻求最低可能的生活费用。他到布列塔尼去,不是因为他爱那里的乡土和海滨,而是因为他听说,住在阿旺桥镇的玛丽·让娜·格拉纳旅馆里,一个人一个月只需两三镑即可生活。当他发现靠绘画连这样少量的钱都挣不来时,他开始想到了那些食物长在树上,甚至衣服亦非必需品的热带岛屿。"

温迪·贝克特嬷嬷在《绘画的故事》里指出:"很少有画家像梵高那样对自画像深感兴趣。"然而是否还有这样的原因,即梵高让自己充当模特儿,从而用不着付那笔费用了呢。——多半他根本就没钱可付。这一揣测并不妨碍我们认同温迪嬷嬷对梵高自画像价值的判断:它们"以其纯粹与真实感而获得了无法抗拒的感染力"。梵高画向日葵,画皮鞋,画妓女,等等,我猜想也有类似这种"不得不如此"的理由,如同高更移居塔希提岛一样。我们不要想得太复杂了。

以上都是我阅读现代艺术史时胡乱想到的,不用说即使不算谬误,也一定很肤浅。但是我实在是一个喜欢看画的人。我觉得就"现代性"而言,一百多年来在绘画中比在文学中表现得更为全面,也更为彻底。此外绘画较之文字比较容易被我们直接接受,无须经过嚼饭哺人似的翻译,也是一种便利;当然如果是看印得差劲的画册,那么被误导将是有过于看翻译作品了。不管怎么说，我在艺术观念上获益于现代绘画的地方确实很多。这回清理一下自己在这方面的爱好，觉得塞尚、高更、梵高和修拉，都是真正打通了古今的大师。如果单说本世纪的画家，则我最喜欢的可以分作三个层面：其一是表现主义，如孟克、路阿、苏丁等；其二是超现实主义，如基里柯、马格利特、德尔沃等；其三也就是最高程度上的，是杜尚。

一九九九年十月一日

谈抄书

这里抄书也就是引文的意思。引文较多,有人看不惯,遂贬之曰抄书。这是个老话题,从前就有"文抄公"的说法,特指周作人。被批评者曾辩解道:"但是不佞之抄却亦不易,夫天下之书多矣,不能一一抄之,则自然只能选取其一二,又从而录取其一二而已,此乃甚难事也。"(《苦竹杂记·后记》)多年后重提旧话,又说:"没有意见怎么抄法,如关于《游山日记》或傅青主,都是褒贬显然,不过我不愿意直说。"(一九六五年四月二十一日致鲍耀明)随着研究逐渐深入,大概不被看作缺点了,更有论家视之为独特的文体,认定在其毕生创作中成就最大。但是好像还是特例,引文多亦即抄书仍然时时遭受非议。

从前引知堂翁的话看,抄书并不像大家想的那么简单，其中必然有所选择，进而又涉及引用者的眼光和倾向。这可以理解为是他所采用的一种间接的表述方式，即"不愿意直说"。引用者隐身于被引用者背后，借助别人的声音讲出自己的意见。这有赖于引用者与被引用者之间一种心心相印的契合，他在发现别人的同时也发现了自己。周氏在谈到何以将译文收入自己文集时讲过一番话，可以拿过来说抄书："文字本是由我经手，意思则是我所喜欢的，要想而想不到，欲说而说不出的东西，固然并不想霸占，觉得未始不可借用。"（《永日集·序》）然而引用者应该领先于至少大多数人知道被引用者的存在，通常所谓发现的意义即在于此；所以非博览群书者不能为之。在此基础之上，再来谈抄书有无眼光，乃至倾向如何。而如果没有眼光与倾向，则成了掉书袋了。这样抄书，实际上是一种含蓄的写法。不过含蓄未必真正合乎多数读者的阅读习惯，结果引用者隐而不见，大家眼里只有被引用者，所以要提出质疑了。

正是上述"借用"说法招来了批评：你为什么不另外讲自己的话呢。这种批评有个前提，即讲自己的话非常容易。恐怕并非如此，"日光之下无新事"。往往我们以为讲的是自己的话，其实不过在重复别人已经说过的意思。抄书与之的区别,不过其一指明本主,其一有意无意地据为己有罢了。但是揭示这一点,可以用以否定对抄书的否定,却不能因此肯定抄书。问题很简单,既然别人都讲过了,我们难道不能不讲话么。所以抄书还应该有别的道理。

胡适曾说:"有什么话,说什么话;话怎么说,就怎么说。"(《胡适文存·建设的文学革命论》)我觉得关于白话散文的写作,迄今还没有比这更精辟的意见。这里我最感兴趣的,是他把写文章与说话联系起来。的确我们写文章就像是说话。不同的人有不同的说话习惯,有人喜欢自言自语,有人喜欢与人交谈。区别在于前者自创语境,是主动式的;后者则沿用别人的语境,是被动式的,而这与是否能够说出真正的见解并无关系。抄书有一点儿像后者。可以把这路文章看作引用者与被引用者之间的一场交谈。关键在于抄了别人的话之后,自己究竟说些什么。如果仅仅是表示赞同,旨在做一介绍,那我们真可以称之为抄书了;如果加以引申,发挥,修正,乃至消解,那么这就是自己的意见,所引用的话也就不能纯粹被看作引文,该说是不可或缺,融为一体了。这是对前引周氏说法的补充,而他的文章特色之一正在这里。真有见解的话，也就不拘引文之生熟，自可化腐朽为神奇，那么引用者未必非要领先于别人知道被引用者的存在，他找到一个由头足以发现自己就行了。

这也涉及文章的技巧问题。引文常常不是针对读者，而是针对作者自己的。与人交谈较之自言自语，总归要显得客气一点儿。文章之高下，衡量尺度之一在于作者的态度。而客气之于文章，无论如何也是一种好的态度。如果见识不差，又何必急忙开口，不妨略为克制，听听别人的想法再说。此外还与节奏有关。文章中多几种声音，有所变化，读来似乎舒服一些。一个人从头说到底，文章容易过紧过密，板结凝滞；适当穿插一点引文，也就和缓疏散开来了，此之谓"文武之道，一张一弛"。当然这只是有关技巧之一种，并不是什么模式，文章写法多了，不能生搬硬套。

二〇〇〇年五月十四日

关于标点符号

前两天扬之水来电话,说她的一部稿子,被编辑无端添加好些叹号和问号,因此大为烦恼云。我觉得这倒很好玩,因为平日也不喜欢这两种符号,特别是叹号,我根本不用。我是业余写作,尚属初学,产量很少,谈不上什么风格;但是倘若硬要派个特点,那么就在这里了。记得编《废名文集》时,发现他也有这个习惯,并且还曾在《随笔》一篇中郑重其事宣布出来。我承认作文有私淑废名之意,但是这一点却不是学他,我一早儿就讨厌这个符号了。这可以说是"不谋而合",扬之水也包括在内。平时看书,遇见"!"总有些打眼,尤其是觉得可以不用而被滥用的时候。举一个例,我一向佩服李长之见解独特,但是读他的《司马迁之人格与风格》,叹号实在太多,好像连同文笔都带坏了。

这里要声明一句，中文我只学到高中毕业为止；对于标点符号，我的知识实在有限。我不清楚是否有人写过"标点符号史"之类文章，如果有的话，倒是很想一读，希望弄明白叹号、问号之类，到底什么时候开始在汉语中应用。手边有周氏兄弟《域外小说集》的翻印本，"略例"云："'！'表大声，'？'表问难，近已习见，不俟诠释。"可见由来已久。而我的一点抵触情绪，正与这里所说有关。我们写文章，原本不是供人朗诵的，假如非念不可，也绝对无须什么语气，更别提大声了。查《现代汉语词典》"叹号"一条："表示一个感叹句完了。"再查"感叹句"："带有浓厚感情的句子，如'唉哟！''好哇！''哟！你也来了！'在书面上，感叹句末尾用叹号。"《辞海》关于"感叹号"则说："表示一句感情强烈的话完了之后的停顿。"那么首先有个分寸问题，"感情"不够"浓厚"不够"强烈"者显然就用不着使用叹号了；此外，即便是"带有浓厚感情的句子"或"感情强烈的话"，本身也有区别。"浓厚感情"或"感情强烈"究竟是指表现而言，还是指内涵而言；表现与内涵可以一致，也可以相反。感情内涵浓厚强烈表现也浓厚强烈，内涵不浓厚强烈表现却浓厚强烈，只有这两种情况，才用得着叹号；如果内涵浓厚强烈，表现克制含蓄，就不应该使用叹号。反过来说，不用叹号，作者未必没有感情，感情也未必不浓厚强烈。

汉语语法对此有没有别的说明，一时不及查考。根据阅读经验，有关规范好像并不那么严格。叹号往往是可用可不用；替代以句号，也无不可。更多时候是个技巧问题。所以没有必要特别反对，也没有必要特别赞同，全在乎作者自己的把握。有人喜欢宣泄，有人爱好沉静；有人动辄大声，有人习惯缄默，宣泄与沉静，大声与缄默，其间并无高下之分，都是人类情感的表现方式。只是情感这个东西，先要存在才谈得上表现；借助表现未必能够有所添加，而适得其反的情况倒是常有的。至于读者方面，愿意有何种交流，更不可强求了。无论如何，情感不是只有一种表现方式，也不是只有一种体验方式。关于感叹句，《辞海》多一层意思："句子里有的用代词'多么''这么'之类，有的用助词'啊''呀'之类，有的不用。"所说也不够完全，无论哪种情况，都可以不用叹号。"多么""这么"也好，"啊""呀"也好，可能隐含着对末尾那个叹号的呼唤，但是呼唤不一定非得答应；不用叹号，也许正是相反相成呢。有时句号比叹号更有感叹效果，而叹号反而起到破坏作用。

问号的情况比较复杂。《现代汉语词典》解释"问号"："表示疑问句末尾的停顿。"解释"疑问句"："提出问题的句子，如'谁来了？''你愿意不愿意去？''你是去呢还是不去？''我们坐火车去吗？'在书面上，疑问句后边用问号。"《辞海》则明确一并包括"疑问或反诘"在内。似乎是非用不可了。但是这里没有考虑"提出问题"是否一定需要回答；还有程度或火候的不同，也未曾加以区别。我们写文章，一句话的意思，往往要落实于细微之处。"？"如同"！"，不知怎的，总有咄咄逼人之感。我把这个想法告诉扬之水，她补充道，有时是借助疑问句式来表述轻微的感叹，并没有质问之意，好像使用问号并不对头。另外说一句，省略号我也不大愿意用，尤其在篇末，觉得很装模作样，谈不上什么意犹未尽。

二〇〇〇年五月六日

自己的文章

"做文章最容易犯的毛病其一便是作态,犯时文章就坏了。我看有些文章本来并不坏的,他有意思要说,有词句足用,原可好好地写出来,不过这里却有一个难关。文章是个人所写,对手却是多数人,所以这与演说相近,而演说更与做戏相差不远。……文人在书房里写文章,心目却全注在看官身上,结果写出来的尽管应有尽有,却只缺少其所本有耳。"

十来年前开始读周作人的书,从《自己的园地》到《知堂回想录》读了不止一遍,最后归结为《知堂乙酉文编·谈文章》里这样一个意思,我对于文章之事才算真正有所悟得,用禅和子的话形容就是"如桶底子脱"。我们讲到写文章,从语言手法直到主题结构,说得总是不差,但如若像这里指出的作者态度一项不对,那么一切适得其反也未可知。因为"缺少其所本有",全都成了制造效果的手段了;而作者在写作时本来应该是非对象化的,或者说是间离的,他把文章写出来之后才拿给读者去看。散文这一文体的真正价值在于它的自然状态,所有形式方面的追求仅仅是以其自身达到完美为终极目的。在这个前提下,作者才有可能真实地表述他的思想,抒发他的感情,描摹他的所见所闻。这个话说出来很简单,但却是对散文的一种本质性的认识,我正是由此建立了属于自己的散文美学观念。拿这副眼光去看古今中外的文章,凡是渲染、夸饰、做作,有意要去打动人,感染人,煽动读者情绪或兴致的,一概就没有好的。而周氏所谓"作态",于遣词造句,标点换行,布局谋篇诸方面,无不可以有所体现。明白文章这样写不好,那么也就知道怎么写才有可能是好的;从这个意义上讲,我写散文受到周氏的影响为最大。我想至少"周作人散文"这个题目,我是读通了的;在这方面下过很多功夫之后,我大约可以说是知道他的文章好处的一人了。

当然天底下好文章并不只此一家,回过头来从先秦、魏晋、晚明、五四一直读到同辈人所作,以及欧美和日本散文的译本,让我喜欢的就有很多。而前述周氏关于散文的看法，早在《论语》中已经能找到依据，即所谓"辞达而已矣"，这可以说是中国文章好的传统，只不过一向不大被人留心就是了。前年应邀编辑中国现代文史方面有文学色彩的论文亦即美文的选本，弄完后不了了之；但是我因此得以把这种文章读了几百万字，获益乃出乎意料。关于散文我从小所读多是五六十年代那批抒情之作，大概除了"像煞有介事"也就别无什么内容，我是中过这个毒的，所以一旦明白过来就很讨厌这一路文字。然而后来我读叙事散文和随笔，发现也往往难得自然本色，原因在于作者写这些文章时所取的态度与写抒情散文其实是一样的。倒是那些论文真正是实实在在地说出一己之所得，并不指望读者能时时起点什么反应。这才是我理想中的文章写法，所学直可供我受用一辈子的。其中最看重的是浦江清、孙楷第、顾随等人的作品。在我看来，这些有文学色彩的论文亦即美文是理所当然地列在散文的范围之内，其地位绝不低于抒情散文等。我并不是要在这里比较文章样式的高下，虽然一般说来内容愈是没有分量就愈容易写得作态；无拘什么样式，关键还在于怎样去写，或者干脆说写时抱有何等的态度。不过我是把实际风行至今的前述那种言之无物和滥抒情的东西看作是二十世纪中国散文史上的一次反动，我自己写文章，颇有些自不量力地要对这反动再来反动它一下子。此外顺便说一句，抒情散文里通过情景描写、意象运用和语言修饰制造的所谓诗意，我也不认为有什么了不起的，不过是把文章写得虚张声势而已，说穿了也还是一种作态罢。

我是医生出身，文学上的一点所知全是凭着兴趣自学的，所以觉得不好的即使名声显赫或者地位重要也只有敬谢不敏了。相反倒是历来那些非正统和不规矩的文章比较能得我心一些，诸如诗话、词话、语录、笔记、题跋等，在我看来比《古文观止》里韩柳欧苏辈所写更说得上是真正的散文。在这方面，我以读者的身份偶尔当当作者，作态的文章我读来难受，我自己当然也就尽可能不去写这种让人难受的文章，也就是"己所不欲，勿施于人"。这可以说是我对自己写作的头一条要求了。我直到三十岁才开始写文章，迄今为止并没写出多少，我想这与我没有学过文科一样不是值得遗憾的事。文学之外我别有工作，文学之内其实这也算不上是首要的事体，我不指望我的文章哪怕是在内容上能对于读者起到什么作用。这与我自己的思想也有关系，无须在此多谈，我只想说我从来就不打算做一个启蒙主义者，所以前面关于周作人说了很多，简直是有点儿感谢他了，可我和他之间还是有着这样根本的区别。如果一定要在文学史上找一个榜样的话，我倒想举出苦雨斋门下一位弟子，即二十到四十年代的废名是也。废名的成就需要另行专门总结，他的随笔我是经常找出来读的，真个是晶莹剔透，而我更景仰的是他写《桥》和《莫须有先生传》时对待文学的那个纯粹和义无反顾的态度。最近拟起手编辑《废名文集》，做这件事老实说比我自己写文章要有意思得多。

一九九七年十二月二十九日

图书在版编目（CIP）数据

怀沙集 / 止庵著. —成都：天地出版社，2022.3
ISBN 978-7-5455-6706-9

Ⅰ.①怀… Ⅱ.①止… Ⅲ.①散文集—中国—当代
Ⅳ.①I267

中国版本图书馆CIP数据核字（2021）第231655号

本书经三民书局股份有限公司授权，同意由北京华夏盛轩图书有限公司及天地出版社在中国大陆地区（香港、澳门及台湾除外）出版中文简体字版本。非经书面同意，不得以任何形式任意重制、转载。

著作权登记号　图字：21-2020-107

HUAI SHA JI

怀沙集

出 品 人	杨　政
作　　者	止　庵
责任编辑	杨永龙　林　凡
装帧设计	挺有文化
责任印制	王学锋

出版发行	天地出版社
	（成都市槐树街2号　邮政编码：610014）
	（北京市方庄芳群园3区3号　邮政编码：100078）
网　　址	http://www.tiandiph.com
电子邮箱	tianditg@163.com
经　　销	新华文轩出版传媒股份有限公司

印　　刷	天津科创新彩印刷有限公司
版　　次	2022年3月第1版
印　　次	2022年3月第1次印刷
开　　本	787mm×1092mm　1/32
印　　张	9.25
字　　数	155千字
定　　价	68.00元
书　　号	ISBN 978-7-5455-6706-9

版权所有◆违者必究

咨询电话：(028) 87734639（总编室）
购书热线：(010) 67693207（营销中心）

如有印装错误，请与本社联系调换。